KB143265

37년 5월,
한숨 바람이어라

37년 5월, 한숨 바람이어라

초판인쇄 | 2022년 12월 8일
초판발행 | 2022년 12월 14일

지은이 | 정준호
펴낸이 | 신중현
펴낸곳 | 도서출판학이사

출판등록 : 제25100-2005-28호
주소 : 대구광역시 달서구 문화회관11안길 22-1(장동)
전화 : (053) 554~3431, 3432
팩스 : (053) 554~3433
홈페이지 : http:// www.학이사.kr
전자우편 : hes3431@naver.com

ⓒ 2022. 정준호
이 책은 저작권법에 따라 보호받는 저작물이므로 무단복제를 금합니다.
책 내용의 전부 또는 일부를 이용하려면 반드시 저작권자와 학이사의
서면 동의를 받아야 합니다.

ISBN _ 979-11-5854-403-4 03810

법원이사관의 법원생활 객담客談

37년 5월, 한숨 바람이어라

글·사진 정준호

學而思 학이사

하나의 계속된 삶

1985. 8. 1. 대구지방법원에서 첫 근무를 시작한 이래, 이번 연말 수원고등법원 정년퇴직에 이르기까지 37년 5개월을 근무하게 된다. 어찌 보면 근무라고 하기보다 그냥 하나의 계속된 삶이었다. 직장을 벗어난 삶을 생각해 보지 못했기에 다가오는 정년은 불안하다. 새로운 삶에 대한 걱정, 기대, 두려움이 사람의 마음을 야릇하고 들뜨게 만든다. 어쨌든 삶은 계속돼야 하니까.

공무원에게 영혼은 있는가? 그럼, 동물은 영혼이 있는가? 불교에서는 인간과 동물은 전생의 행위 결과에 따라 태어난 형상의 차이에 불과하다고 본다. 동물도 무리를 보호하고 자신을 희생할 줄도 아는 등 인간이 하는 숭고한 행동을 하는 것을 볼 수 있다.

여자는 영혼이 있는가? 중세 사회인 서기 585년 마콘장로회의에서 단 한 표 차이로 여자에게도 영혼이 있는 것으로 결론이 났다.

종교 회의에 참석한 장로들도 여성의 몸에서 태어났을진대 어찌 그런 회의를 할 수 있는 건지, 서양 중세 사회를 새삼 돌아보게 된다.

우리는 아직도 대통령 직선제와 5년 단임제로 개헌한 노태우 대통령의 제6공화국 헌법에 따라 살아가고 있다. 당시 토지 공개념을 도입하고 국민연금 제도, 전 국민 의료 보험 제도를 시행하여 오늘날 우리가 누리는 복지 국가의 기틀을 다졌다. 그 과정에서 공무원의 역할은 지대하였다. 공무원이 중심이 되어 준다면 지금의 난제를 슬기롭게 해결해 나갈 수 있으리라 본다. 정기적으로 바뀌는 정권은 공무원이 본분을 다할 수 있도록 보호하고, 나아가 무한한 신뢰를 보내주어야 할 것이다.

우리는 혁명을 원하는가? 언제부터인가 우리 사회는 혁명을 입에 달고 살고 있다. 모바일 혁명, 디지털 혁명, 의식 혁명, 노동 혁명, 음식 혁명, 연애 혁명 등등. 혁명을 꿈꾸는 것은 현재가 만족스럽지 못하다는 얘기다. 정치권이나 사회지도층이 '사회적 차별 해소'라는 시대의 과제를 풀어 나가지 못하고 많은 젊은이들을 끝없는 절망의 구렁텅이로 내몰고 있다. 해방 직후인 1949년 농지 개혁에 버금가는 대변혁이 있어야 우리 사회는 안정을 찾을 것이다.

　근무하는 동안 직원들과 부대끼며 틈틈이 몇 편의 글을 써보았다. 신문에 기고하였거나 대부분은 법조지에 실렸던 글이다. 그중 12편을 선별하여 네 가지 주제로 구분하여 엮었다.

　오래 함께해 오고

지금껏 근무하게 해 준

법원과 법원 사람들에게 감사드린다.

선뜻 출간을 수락해 주신 학이사 신중현 대표님과 편집부 여러

분께도 감사드린다.

정년을 두 달 앞두고   2022. 10. 31.

광교 수원청사에서   정 준 호

차례

천년향

우면산 서초 골에
고려 왕조 영혼이 흐르는
거리의 천년 수호자

세월이 남긴 무게를 이고
차들이 내뿜는 매연을 마시고도
선조들 지혜가 담긴 향香을 토吐한다

* 천년향: 서초네거리 도로 한가운데 있는 고려시대부터 내려온 향
  나무로, 주민들이 붙여준 이름

첫째 마당

삶의 여유

꽃이든 물건이든 그 무엇이든 간에
모든 것에는 특유의 냄새가 있다.
좋은 냄새를 좇아 산으로 들로 다니기도 하고
심지어는 추억 속으로 잠겨 들기도 하며,
유난히 냄새에 민감하게 교감하며 반평생을 살아온 듯하다.

01
향기

1. 동백꽃은 향기가 있을까

향기 찾아 삼천리

꽃이든 물건이든 그 무엇이든 간에 모든 것에는 특유의 냄새가 있다. 좋은 냄새를 좇아 산으로 들로 다니기도 하고 심지어는 추억 속으로 잠겨 들기도 하며, 유난히 냄새에 민감하게 교감하며 반평생을 살아온 듯하다.

동백꽃이 향기가 있다고 하여, 코를 가져다 대고 냄새를 맡아 보아도 느끼지 못한다. 그런데도 '동백꽃 향기 가득한 제주의 겨울' 같은 표현을 곧잘 한다. 아마도 비슷한 시기에 피는 매화의 은은한 향기를 연상하거나 곧이어 피는 5월의 여왕, 장미 향기의 여운일 것이다.

혹은, 생강나무 꽃(산수유 꽃과 유사)을 강원도 지방에서는 동백꽃(또는 올동백)이라고 부르는데, 그 동백꽃이라는 이름 때문인지도 모른다. 강원도 출신 김유정은 그의 소설 『동백꽃』에서 '알싸한 그리고 향긋한 동백꽃'이라고 하였는데, 여기서 동백꽃은 생강나무 꽃을 말한다.

그의 고향인 춘천시 신동면 실레마을에 있는 김유정 문학촌 전시실에 들어서면, 소설 『동백꽃』표지에 생강나무 꽃이 아닌 붉은 동백꽃이 그려져 있는 경우를 볼 수 있다. 꽃 이름을 혼동한 탓이리라.

동백꽃

생강나무 꽃

해마다 3월이 오면 생강나무 꽃향기를 맡으러 산으로 다녔다. 아직 해뜨기 전 새벽에 집을 나서 산을 오르다 보면 드문드문 생강나무를 보게 된다. 꽃에도 향기가 나고 가지에도 향기가 나며, 비비면 향기가 더욱 진해진다.

생강나무 꽃

　알싸한 생강 냄새가 나서 생강나무라고 불린다고 하지만 생강 냄새는 아니다. 생강 냄새는 알싸한지는 몰라도 향긋한 것과는 거리가 멀다. 생강나무 꽃향기는 은은하면서 향긋한 것을 넘어서는 뭐라고 표현하기 어려운 끌림이 있다. 그 향기를 맡으러 수십 년 간 이른 봄만 되면 새벽부터 산으로 싸잡아 다녔으며, 여전히 싫증이 나지 않는다.

　이 생강나무는 남쪽 지방에는 없고 비교적 추운 중부 지방 특히 강원도 지방의 산에 많이 있으며, 반대로 산수유나무는 산에는 없고 들판이나 집터 부근에 많다. 부산에 와서 근무하면서 생강나무를 보지 못해서 안타깝고 허전하였다. 지난 봄 김해 가락국 허황후 릉 뒤편에 위치한 구지봉 언덕, 신어산을 오르면서 노란 꽃이 보이면 죄다 비벼서 냄새를 맡아 보았으나 향기가 없어 대단히 실망했다. 모두 산수유였다.

물건마을 동백꽃 집

　그동안 동백나무와 동백꽃에 무던히도 목말라 해 왔다. 이 동백
나무는 남서해 해안이나 섬, 또는 남부 지방에 주로 자라고 내륙이
나 중부 지방에는 잘 없어서 어쩌다 보는 동백꽃은 감질나기 짝이
없었고, 늘상 만족하지를 못했다. 마음먹고 고창 선운사 동백숲을
보러 간 적도 있었지만 시기가 맞지 않아 이미 져서 뚝뚝 떨어진 꽃
뭉치가 뒹구는 모습만 보았을 뿐이다.

　부산에 오면서 지난 세월 부족했던 것이 다 채워졌다. 우선 법원
마당에도 한창 겨울인 1월부터 동백꽃이 피어 있었고, 산책길에도
있으며, 관사 뒤편에 있는 화지산에도 간간이 동백이 피어 있었다.
해운대 동백섬은 동백으로 덮여있고 거제 지심도는 섬 전체가 동
백이었다. 피는 시기도 12월부터 4월까지 다양하였다. 피고 지고

동백꽃 집

동백꽃

하면서.

그러던 4월 어느 날, 경남 남해군 독일마을 도로 아래쪽에 위치한 물건마을 어느 빈집에서 동백나무 한 그루를 발견하였다. 그 집 붉은 함석지붕은 일부가 벗겨지고 마루는 퇴색하였으며, 주위는 돌담과 무성한 숲으로 둘러져 있었다. 그 돌담 가장자리에 선 동백나무는 지붕보다 높았고 꽃이 만개하여 바닥에도 떨어져 수북이 쌓여 있었다. 멀리서 보니 그 떨어진 꽃송이들이 가을날 말리려고 마당에 널어놓은 붉은 고추 같았다. 순간 봄과 가을을 한꺼번에 느꼈고, 그 고요함과 평안함에 전율했다. 최고의 동백을 본 것이다.

2. 아카시아 꽃, 보는 것을 넘어 향기에 취하다

최고의 향기

생강나무 꽃이 손으로 비벼서 코에 갖다 대었을 때 나는 향기라면, 아카시아 꽃은 일정 공간 전체에 퍼지는 향기이다.

해마다 5월이 되면 아카시아 꽃을 찾아 온 산을 헤매고 다닌다. 하지만 꽃을 보러 가는 것이라기보다는 그 향기를 맡으러 가는 것이기에, 꽃의 용도가 관상용이라고 하기는 어렵다.

아카시아 꽃향기는 뭐랄까 달콤한 향기, 그윽한 향기, 백옥의 향, 상큼한 향, 박하 향, 매혹적인 향기 등 그 무엇으로 표현해도 충분하지 않다. 천상의 향기라고나 할까 맡으면 그저 기분이 좋아지고 행복해진다. 맡아본 최고의 향기이다.

　서울은 아카시아가 많아서 좋다. 성북구민회관을 거쳐 북악산로와 성북동으로 이어지는 길, 혜화동·명륜동 뒷산, 홍은동·홍제동으로 이어지는 인왕산 언저리, 봉원동·북아현동 안산자락, 수색에서 서오릉으로 이어지는 봉산 등 서울 전체가 아카시아 숲이다.

　사랑은 오래 참고

　경남 거창은 읍에서 약 2km 떨어진 건계정 주변의 아카시아 향기가 탁월하고, 경북 안동은 송현동 36사단 부대 인근 마을이 좋다. 저녁 무렵, 아파트 창문을 열어놓고 거실 소파에 누워있노라면 아카시아 향기가 밀려와 세상 근심 사라지고, 저절로 〈사랑은 오래 참고 사랑은 온유하며… 그중의 제일은 사랑이라〉는 고린도전서 13장(사랑장) 노래가 흥얼거려진다.

　2,000년 전 사도 바울은 어쩜 이런 편지를 쓸 수 있었을까. 그의 이 편지로 인하여 기독교(그리스도교, 예수가 그리스도임을 믿는 종교)는 이후 지중해를 넘어 유럽 전역으로 널리 퍼져서 지난 2,000년 간 많은 인류에게 가장 큰 영향을 미쳤다.

　부산은 아카시아가 드물다. 백양산 언저리 초읍동, 금정산 일대 온천동 등 온 산을 다녀 보아도 보지 못하여 직원들에게 많은 곳을 물어보니, 회동수원지 부근에 있을 것이라고 하여, 반나절에 걸쳐 돌아다녔지만 딱 한 그루만 보았을 뿐이다.

3. 밤꽃 향기

찾지 않는 꽃

밤꽃은 말이 꽃이지, 하얀 강아지풀 또는 흰색 불가사리와 비슷하며 떡가루가 북실북실하게 묻은 긴 갈퀴 모양이다. 밤꽃이야말로 누군가 꽃 보러 가는 사람은 없고, 오로지 바람에 실려 오는 냄새를 맡고서 '아~ 밤꽃이 피었구나'라고 느낄 따름이다. 그러니까 꽃의 용도 중 관상용이 가장 아니다.

어릴 때는 밤꽃 냄새가 싫었다. 뭔가 의뭉하게 기분 나빴다. 그러다가 법원에 들어와서 산에 다니면서 밤꽃 냄새가 나면 '아~ 여름이 시작되는구나'를 새삼 느끼며, 좋지도 나쁘지도 않은 그저 그런 보통 정도의 냄새였다. 그러던 것이 나이가 들어가면서 코 기능에 이상이 생기는 것인지 언제부터인가 구수하게 느껴진다. 구수한 정도를 넘어 은은한 향기, 심연의 향기를 느끼며 밤꽃 냄새가 나는 6월이 기다려진다. 밤꽃 향기 그윽한 6월의 산을 오르면 싱그러운 날씨에 산들바람이 부는 듯 상쾌하다. 그렇게 달지 않으면서 쌉싸름한 밤꿀 맛 같다고나 할까. 밤꽃 냄새가 나는 6월의 산이 그립다.

이게 꽃 냄새냐

젊은 여성들은 대체로 이 냄새를 싫어하는 듯하다. 나쁜 정도를 넘어 심한 경우에는 역겨워하며 토하기까지 한다. 비린 냄새가 난 다고도 한다.

10여 년 전 일본 나라현 동대사에 갔을 때의 일이다. 경내에 밤 꽃 냄새가 진동하고 있었다.

> 가이드여성: (찡그리며) 이 기분 나쁜 냄새는 뭐냐. 썩는 냄새가 난다
> 키 큰 남성: 밤꽃 냄새다
> 가이드여성: 꽃 냄새가 이렇게 나쁠 수도 있느냐

그 말에 주위의 모두가 웃은 적이 있었다. 그 여성은 미혼이었 고, 50세쯤 되어 보였다. 때는 5월. 일본은 우리보다 계절이 한 달 정도 빠른가보다.

4. 목백일홍, 그 여름의 향기

남녘에 피는 꽃

배롱나무는 그 꽃이 여름 내내 100일 동안 피어 있다고 하여 식 물인 백일홍과 구별하여 목백일홍이라고 부르기도 한다. 대체로 7 월 초에 피기 시작하여 9월 말까지 지속된다.

멀리서 보면 같은 꽃이 지지 않고 계속 피어 있는 듯이 보이지 만, 꽃송이 하나가 100일 동안 지속되는 건 아니고 나무 아래쪽부

터 시작하여 위쪽으로 올라가면서 피고 지고 또 다시 피고하면서 이어지는 것이다.

배롱나무는 양지 바른 곳을 좋아한다. 내한성이 약해서 충청남도 이남 지방에 많고 중부 지방에서는 볏짚으로 싸는 등 방한 조치를 해야 월동이 가능하다. 서울에서는 배롱나무가 많지가 않아서 여름만 되면 무언가 부족하고 아쉬웠는데, 부산에 근무(2019. 1. 1.~12. 31.)하면서 모두 채워졌다.

화지묘 배롱나무

부산법원 뒤편에 있는 화지산은 해발 199m의 비교적 낮은 산으

화지묘 배롱나무

배롱나무 줄기

로 비가 그치면 흙이 금세 뽀송뽀송해져 장마철에도 신발에 흙이 묻지 않는 명산이다. 산 남동쪽 중턱에는 조그만 무덤들 수백 기가 다닥다닥 붙어 있어 마치 호빵을 흩뿌려 놓은 듯하다.

그 화지산 남쪽 언저리에 있는 정묘사(동래정씨 2세 문도공 묘소, 일명 화지묘)에는 묘단 앞에 2그루의 배롱나무가 있다. 800년 된 원줄기는 죽고 그 속에서 새로 가지가 나와서 현재의 모습을 하고 있으며, 죽은 몸통도 함께 어우러져 있다. 죽은 몸통 줄기를 버리지 않고 함께 모아두는 정성, 그 정성이 서리어 이 곳 정묘사를 부산 시민들이 좋아하나 보다.

화지묘를 올려다보면 그 어떤 왕릉보다 멋지게 가꾸어져 있다. 춘천 서면에 있는 신숭겸 장군 묘소를 떠올리게 하며, 부산의 명당이자 남한 전체의 3대 명당 중 하나라고 한다. 배롱나무는 천연기념물로 지정되어 있다. 화지묘 배롱나무를 지난 여름 내내 보았다. 어

실상사 석장승

떤 때는 아침에 때로는 저녁에 보며 그 여름, 부산의 향기를 느꼈다.

배롱나무는 절, 서원, 사당, 묘지에 많다. 절에 심는 이유는 해마다 껍질을 벗는 배롱나무처럼 출가한 수행자들이 속세의 욕망을 벗고 정진하라는 의미이고, 서원에 심는 이유는 유생들이 일신우일신 하라는 취지이며, 사당이나 묘지에 심는 이유는 꽃을 바쳐 혼을 비는 헌화의 의미라고 한다.

구름과 탑과 석등 그리고 목백일홍

최고의 배롱나무 꽃은 남원 실상사에서 보았다. 구름이 내려앉

실상사 목백일홍

은 실상사 해탈교를 지나니 갸름한 몸매에 벙거지를 쓴 석장승이 푸른 논을 배경으로 가만히 서서 지나가는 길손을 무뚜뚜미 바라본다. 어서 오라는 건지, 나가라는 건지, 검문을 한다는 건지… 아무 표정이 없다.

때는 7월 말, 아직도 우기다. 이슬방울을 담은 연꽃잎이 가늘게 흔들리는 연꽃 단지를 지나 천왕문에 들어서니 실상사 경내이다. 지리산 연봉 끝자락 산들이 에워싼 분지 중심, 연꽃의 꽃술에 해당하는 자리이다.

마당 한 편에 배롱나무 한 그루가 꽃을 피우고 있다. 구름과 탑과 석등 그리고 목백일홍, 그것이 연꽃 꽃술에서 향연을 벌이고 있으니, 떠나지 못하고 그대로 서 있다. 언제까지나.

실상사 해우소(뒷간)는 자연목을 그대로 살려 쓴 기둥과 보로 이루어져 있다. 그중에서 보는 휘어진 모양이 흡사 지렁이가 기어가는 듯하다. 더위를 먹었나 보다. 헛것이 보인다.

지금 눈 내리는 마당에 큰스님은 해우소 안에 있고, 세숫대야에 김이 무럭무럭 나는 물을 떠서 대령한 동자승은 언 손을 호호 불며 큰스님 나오시기만을 기다리는 듯하다.

실상사! 신라 말 구산선문의 한 곳으로 산속에 들어온 절이지만 사방이 평평한 평지 사찰이다. 마당에서는 지리산 천왕봉, 중봉, 장터목 연봉이 일직선상으로 보인다.

그 여름 향기의 여운은 전철희의 시, 배롱나무가 전한다.

배롱나무

팔 다리 꾸불꾸불
살결은 매끈매끈
새벽녘 찾아온
살랑살랑 갈바람 손끝
겨드랑 간지럼에
깜짝 놀라
허물을 벗다

백 여일 홍자색 꽃 피어도
시들지 않고

화려하지 않아도

빵시레 웃고

흔들리고 흔들려도

중심을 잡고

하마하마 기다리는

엄마의 마음

(출근길 법원 앞마당에 서 있는 배롱나무를 바라보다가)

- 전철희(대구 서부지원), 2019. 9. 10.자 코트넷 문예광장 게재

(2019. 12. 23.)

※ 이 글은 2019. 12월호(통권 738호) 법조지에 실린 글임.

02
담배, 그 쓸쓸함에 대하여

안산 가는 길

서울서부지방법원(마포구 공덕동 소재)에서 안산 가는 길(鞍山, 서울 서대문구 소재, 높이 296m)은 아현초등학교를 지나서 북아현시장, 추계예술대, 북아현동 마을버스 종점을 으레 거치게 된다.

당시(2012년 7월)는 북아현 뉴타운 사업 초기 단계로 건물이 철거되기 전이었고 주민들이 막 이사를 시작하고 있었다.

그때만 해도 아현역에서 경의선 굴레방다리를 거쳐 북아현동 오르는 길은 평온하기 그지없어 길 양쪽으로 과일 가게 등이 즐비하였고, 걸어다니는 사람들도 제법 되어 이 길을 들어서는 순간 정겹다는 느낌을 받았다.

더구나 마을버스 종점은 버스가 회차할 수 있도록 둥그런 공간이 형성되어 있고, 그 주위로 마트, 미용실, 특히 기사식당이 여러 개 모여 있어 식사를 마치고 나오는 느린 걸음의 사람들과 마주치곤 하였다.

이 느긋함! 아마도 종점이라 빨리 달리는 차가 없고, 높다랗게 쳐다보이는 왼편은 이화여대 기숙사로 유럽의 성곽처럼 보이며, 정면은 안산으로 그 푸른빛이 펼쳐지기 때문이리라. 이런 편안하고 푸근한 느낌은, 일제 때 남산 신사를 가기 위해 만들어 놓은 대리석 108계단으로 이어지는 해방촌 입구에 있는 후암(두텁바위)동 버스 종점에서 받은 느낌과 사뭇 비슷하다.

그 굴레방다리 조금 못 미친 커브길 모퉁이에서 20대로 보이는 젊은이 서너 명이 기타를 메고선 서성거렸다. 뒤에는 붉은 글씨로 '철거 결사반대'라고 적힌 널빤지를 세워 두고서…

그 청년들은 무슨 노래도 부른 것 같았는데, 깡마른 체격에 선한 눈빛이 지금도 눈에 아른거린다. 한동안 보이더니, 그해 가을이 깊어지면서 보이지 않게 되었다. 아마 이 동네에 하숙이나 자취를 하던 인근 대학교의 학생들이었으리라.

대규모 뉴타운 사업은 도시의 역사와 문화를 송두리째 파괴하는 행위나 다름없다. 집 앞 마당에 익어가던 석류나무는 흔적도 없이 사라지고, 구불구불 끊일 듯 이어지는 골목길을 걷는 정취는 더 이상 기대하기 어려운 일일 게다.

마침 시 당국에서도 아직 시행되지 않은 대규모 뉴타운 사업은 취소하거나 재검토한다고 하니 늦었지만 다행이 아닐 수 없다.

골목과 바위, 동네의 전설을 간직한 고목 등 주위 형태를 보존하면서 소규모로 개발하거나, 기존 건물을 주위에 더 어울리게 리모델링하는 세련된 방식으로 도시 정비가 이루어지길 기원해 본다.

이와 더불어 건축사에게 일정 주기마다 건축 윤리 교육을 실시

하여, 자연과 전통을 중시하고 주위 환경과 어울리며 아울러 멋을
갖춘 건축물이 서울 하늘 아래 가득해지도록 했으면 좋겠다.

담배 피우는 여성

법원을 출발해서 5호선 애오개역 출구에 위치한 '신용센터' 건물 앞을 지나면 퇴근 시간 무렵인 까닭으로 한꺼번에 많은 사람들이 쏟아져 나온다.

그 시간이 조금 지나면 하나둘씩 건물 옆 주차장 공터에 담배를 피우러 나오는데, 특이한 것은 남성은 남성끼리 모여 담배를 피우고 여성은 혼자서 또는 여성끼리 모여 피운다는 점이다.

여성들은 대체로 가냘픈 체형이 많이 보였는데, 여성들이 담배를 피우는 이유 중의 하나가 살이 찌는 것이 두려워서란다.

여성들의 흡연율은 불가사의하다. 조사하는 주체, 시기, 대상 등에 따라 적게는 4%에서 많게는 16%까지 다양하게 나타난다.

가장 낮은 것으로는 통계청이 2014. 12. 18. '한국의 사회동향 2014'에서 발표한 흡연율 4%이고, 그 외 보건복지부 발표는 그 시기에 따라 대개 6% 내외이다.

그러나 소변 검사에서 측정된 코니틴(체내에서 니코틴이 변한 물질) 농도를 근거로 성분을 분석한 결과 국내 여성 흡연율은 14% 내외로, 스스로 흡연자로 밝힌 여성 흡연 비율(4~6%)보다 월등히 높다. 전문가들은 실제 여성 흡연율이 10%를 넘을 것으로 보고 있다.

여성 흡연율(6% 기준)은 OECD 회원국 가운데 가장 낮은 반면, 남성 흡연율은 36%~ 42%로 1~2위를 다투고 있다. 하지만 여권女權 신장과 더불어 여성의 사회적 역할이 확대되면서 여성의 흡연율이 증가되고 있는 것 또한 사실이다.

여성의 흡연은 남성의 흡연과는 또 다른 건강상의 문제를 초래하기도 하는데, 비흡연자에 비해 유산 확률이 7배 높고, 미숙아 합병증, 유아의 호흡기 질환 등 아기에게 나쁜 결과를 초래한다고 한다.

서울법원 종합 청사(서초구 서초동 소재)의 경우, 1,200여 명이 넘는 여직원이 근무하고 있지만 흡연율 0%이다. 물론 퇴근하고 난 후의 일은 알 수 없지만 적어도 근무 시간에는 그렇다. 최소 흡연율인 4%로 잡아도 48명은 흡연하여야 한다. 그것이 정상적인 직장이다. 건강에 관심이 많고 자기 관리가 확실한 우수한 사람들임에는 틀림없으나, 혹여 다른 사람을 의식해서 그렇다면 우리는 아직도 '이중 사회'라고 할 수 있다. 남성이 피울 수 있다면 여성도 피울 수 있어야 하지 않을까.

한편, 감정 노동 직종에 종사하고 있는 여성들의 흡연율이 매우 높게 나타나고 있는데, 콜센터 상담원, 백화점 판매원 등 서비스업이나 판매업에 종사하는 여성 노동자의 흡연율은 40%가 넘는다고 한다.

심야에 콜센터로 전화해서 막무가내로 욕설을 하거나 음담패설을 하는 사람은, 그 마음이 어떤 마음일까. '그 마음'은 태어나서 살아오면서 가정, 학교 또는 사회로부터 받은 상처의 총합일 텐데,

처벌로 모두 예방하지는 못할 것이다.

현재 우리 사회는 각계각층에서 터져 나오는 불만으로 파탄 직전에 처해 있다. 도덕도 양심도 없어 보이기까지 한다. 나만 큰소리치고 떼쓰고 손해 안 보면 된다.

이것이 어느 사회이든 말기에 나타나는 현상으로 희망이 없으므로 한 치의 양보도 없다. 한마디로 감사할 줄 모른다. 파국이 오기 전에 변화가 필요한 시점이다. 사람은 희망이 보이면 양보도 할 수 있는 법이니까.

그 변화의 시작은 교육이어야 한다. 초등학교, 중학교는 그 시기에 꼭 필요한 지식 교육 외에는 신체 활동, 사회 구성원으로서 갖추어야할 교양 교육, 예술 및 놀이 교육(재미있게 노는 법) 등으로 구성되어야 한다.

학생들의 얼굴이 그늘지고 지금처럼 여유라고는 찾아볼 수 없어서는 안 된다. 그들의 얼굴이 보람과 행복으로 넘칠 때 비로소 우리는 제대로 된 사회를 산다고 할 수 있다.

동유럽 어느 국가에 갔을 때 들은 이야기로, 그곳 청소년들의 가장 큰 비행이 밤에 벽에 낙서하는 것이라고. 사람에게 폭력을 사용하는 것은 상상할 수도 없다고 하였다.

1등을 위한 교육을 넘어서서 각자의 몫을 다하고 사회 문제에 관심을 갖는 소시민을 길러 내야 할 것이다. 담배 피우는 여성을 빤히 쳐다보는 것은 성희롱일까 아닐까. 그 여성이 불쾌함을 느끼면 성희롱이 된다.

담배 연기

길을 걷다가 어디서 담배 연기가 난다고 느끼는 순간, 살펴 보면 근방 어디쯤에 담배 피우는 사람이 꼭 있다. 그래서 앞에 가는 사람 손만을 쳐다보게 되는데, 손에 담배가 들려 있다고 하면 다른 길로 돌아가거나 아니면 막 달려서 그 앞을 지나가곤 한다.

이럴 경우 지나갈 때까지 약 30초 정도 숨을 참아 보기도 하는데, 다시 숨을 쉴 경우 어디에선가 퍼져 있던 연기가 들어온다. 참 았던 탓에 숨까지 헐떡인다. 젊었을 때는 그 정도는 아니었는데, 나이가 들면서 더 예민해지는 것 같다.

임신한 여성은 몸가짐이 참 어렵다. 조금만 잘못되어도 걱정이 태산이다. 임산부는 담배 냄새가 날 경우, 그 연기를 들이마시지 않기 위해 대개 숨을 참는다. 그리고 나서 뱃속의 태아가 움직이든가 하면 공기가 제때 공급되지 않아서 아이에게 이상이 생겼을까봐 전전긍긍한다. 반대로 담배 연기를 마셨을 때는 그 담배 연기로 인하여 잘못될까봐 노심초사한다. 그렇게 열 달, 걱정의 세월을 보내고서야 새 생명을 맞는 것이다.

담배 연기도 사람을 가린다. 모르는 사람이 피우는 연기는 독해도 동료나 친구가 피우는 것은 덜 느낀다. 나의 경우 강 국장님이 피우는 담배의 연기는 냄새가 나지 않는다. 저녁에 만나서 새벽녘 헤어질 때까지 보통 한 갑(20개비)은 피우는 것 같다. 그런데 피우는 그 옆에 있어도 한 번도 냄새가 난다고 느껴 본 적이 없다. 하기야 담배 냄새가 그토록 싫다면 담배 피우는 배우자와 어떻게 해로하겠는가. 담배만 그런 것이 아니고 개똥도 그렇단다. 애들이 데려온 개를 마지못하여 키우게 된 문 과장님은, 처음에는 개똥 치우는 것이 그렇게 싫다가 차츰 돌보는 정이 들어, 이젠 개똥을 치워도 냄새가 없단다.

아현초등학교를 지나며

서부법원에서 신용 센터를 지나 북아현시장 쪽 작은 길을 들어서면 바로 아현초등학교 건너편에 '신앙촌 상회'가 나온다. 여기를 지날 때면 그 뭐라고 표현할 수 없는 향긋한 냄새가 난다. 정확하게 꼭 꼬집어 말할 수는 없는 그 향, 그 냄새!

엄마에게서 나는 냄새 같기도 하고… 뭐랄까 이 기분 좋은 냄새! 달콤한 것도 고소한 것도 아닌 그러면서도 끌리는 은은한 이 냄새! 그 향이 좋아 대개(시간이 촉박할 때 외에는)는 그 앞을 몇 번 서성이다가 지나간다.

퇴근 시간에 지날 때는 항상 문이 닫혀 있는데, 그래도 새어 나오는 냄새는 여전하다. 조금 들여다보면 간장 등 생필품, 속옷 등도 보인다. 더듬어 보면 어렸을 때 빨랫비누인 '신앙촌 비누'를 많이 보았던 기억이 난다.

그때 이후 잊고 지냈던 '신앙촌 비누'는 '신앙촌 상회'로 바뀌어 서부법원에 오고서야 다시 보게 될 줄이야…. '신앙촌 상회'는 주로 서울 강북에 분포해 있는 듯하다.

맞은편 아현초등학교는 쭉 둘러진 담벼락이 예쁘다. 5월 이맘때면 덩굴장미가 현란하게 펴서 눈부시다. 5월의 햇살 아래 핀 장미는 그 은은한 향기도 향기려니와 웃는 듯 환한 꽃송이가 내게는 꼭 5월의 신부新婦처럼 느껴진다. 그 많은 송이송이가 모두 흰 드레스에 붉은 화장을 하고 나타난 수많은 신부의 얼굴들로 보인다.

학교나 아파트 등 담장의 줄장미는 햇살이 충분히 내린 오전에 보는 것이 가장 좋다.

북아현 시장에서

아현초등학교를 지나면 곧 북아현시장이 나온다.

특이하게 이 시장은 그 초입에 꼭 옛날 대폿집 같은 밀창으로 된 점포 여러 개가 나란히 쭉 이어져 있는데, 밤이 되면 그 점포 앞으로 수많은 탁자가 놓이면서 사람들이 몰려든다.

메뉴는 족발, 똥집, 고등어 구이, 꼼장어 등 각종 구이 요리가 주류를 이루며, 그 고소한 냄새가 지나가는 사람의 걸음을 붙잡는다.

날씨가 따뜻해지는 4월 하순부터 10월경까지가 제철인데, 아침에 출근하고 저녁 일찍 퇴근하는 바른 생활을 하는 분들은 매일 지나다니면서도 여기에 이런 곳이 있는 줄을 모른다.

빨라도 저녁 8시는 넘어야 시작하고 밤 10시경이 지나야 북적거리기 시작하니까.

8월 어느 날, 퇴근 후에 직원들과 안산 산행을 마치고 밤 9시가 넘어서 시장에 도착해서 술잔을 기울일 때의 일이다.

직원들이 담배 피우러 자꾸 자리를 뜬다. 괜찮다고 피우라고 하여도 머뭇거리기만 하기에 같이 피우면서 담배에 불을 붙여 주니까 마지못해 피운다.

젊었을 때는 담배를 피워도 그 몸에서 향기로운 냄새가 나지만, 나이가 들수록 담배 냄새가 온몸에서 배어나온다. 하지만 존경받는 학자, 정치가 등 예외도 있다.

1781년 '순수 이성 비판'을 출간하여 근대 철학을 제시한 임마누엘 칸트가 매일 아침 10시에 궐련 한 대를 피우는 것은 그 도시의 자랑이었다.

올해 98세의 헬무트 슈미트 전 독일 총리는 여전히 골초다. 금연이 엄격한 독일에서 그는 아무 데서나 담배를 피우는 엄청난 특혜를 누린다.

'지혜로운 슈미트 할아버지의 담배 연기는 공해가 아니다'라는 이유로….

우리로서는 매우 부러운 현상이다.

연전年前에 어떤 의학전문기자가 강연을 왔을 때 들은 이야기로 '스트레스를 받는 것보다는 담배를 피우는 것이 낫다'라고 하였다. 담배를 피워서 행복하고 스트레스도 잘 해소된다면 어떨까.

하지만 담배 피우는 공간은 점점 줄어들고, 다른 사람들의 눈치도 더욱 살피게 된다. 그래서 인사이동시 흡연자는 같은 사무실에 담배 피우는 사람이 오는 걸 아주 좋아하고 환영하고 있다.

한때 강 국장은 그 사무실 사법 보좌관 6명 중 혼자서 담배를 피우다가 흡연자 두 분이 한꺼번에 오는 바람에 3명이 되어, 이번 인사의 최대 수혜자는 자신이라고 말한 바 있다.

지난 3월 국장 연수 갔을 때의 얘기다.

마두역 뒷골목을 몇 차례 옮겨 다니며 밤늦게까지 강 국장과 소주를 마시다가 그가 두리번거리면서 또 담배를 꺼내 물기에,

"강 국장님, 왜 담배를 피우세요?"

"…"

대답이 없기에 다시 물었더니, 귀찮다는 듯이

"국가 재정을 위해서요…."

(2015. 5. 25.)

※ 이 글은 2016. 6월호(통권 717호) 법조지에 실린 글임.

03
제주 오름 여행기
- 흩날리는 머릿결에서 제주의 바람을 느끼며

지하철 9호선

금요일 퇴근길, 어쩌나 마음이 조급하여 횡단보도 앞에 신호 대기 중이던 모범택시의 뒷좌석 문을 열었더니, 손님이 이미 타고 있었고 기사아저씨가 놀란 눈으로 바라볼 적에, 뒤에서 강 과장님이 아니라고 소리쳤다. 아뿔싸! 빈 차 여부를 제대로 보지도 않고 문을 잡아당긴 것이다.

다시 택시를 잡아타고 9호선 고속터미널역을 향했으나 정확한 지점에 내리지 못하여 한참을 뛰어서 9호선 입구로 들어가니, 모여든 사람들로 엄청난 인파를 이루고 있었다. 최근에 개통한 9호선(강남-김포공항 구간)은 들어가는 입구부터 깔끔하였고, 예술 공간 같은 아늑함이 있었다. 이윽고 열차가 도착하여 간신히 타고서 출발하니 이제야 한숨을 돌렸다.

한데, 이 열차는 중요한 역만 골라 정차하는 급행열차라 얼마나 빠른지 27분 만에 김포공항에 도착하였고, 바로 공항 로비로 가서 제주행 항공권을 받으니 오히려 시간이 남았다.

서울로 전근(2007. 1. 1. 사법보좌관 연수 이전에는 지방에서만 20여 년 근무하였음) 와서 나를 행복하게 하는 것 중의 하나가 지하철이다.

물론, 가장 행복한 것은 직원들과 함께 부대끼면서 일하는 것이다. 아침에 결재가 한 보따리 올라오면 '저 사람은 얼마나 민원 전화에 시달리면서 손 아파가며 저 일을 했을까?' 생각하니 가는 눈빛이 고마움과 존경의 눈빛이 되고, 그러다 보니 상대도 안도와 만족의 눈빛을 보내니, 말없이 한번 눈을 마주 쳐다보는 것만으로도 피로가 풀리고 또 하루를 행복하게 근무할 수 있는 것이다.

출퇴근하는 지하철 2호선(시내 중심부 순환선)은 미인美人이 많이 탄다. 대체로 출근길의 모습이 더 아름다우나(여성이 가장 아름다울 때는 막 세수하고 돌아섰을 때라는 설이 있음) 긴장감이 느껴지는 얼굴이고, 퇴근길은 다소 느슨하기는 하나 피곤함에 지친 무표정한 얼굴이 안쓰럽다. 좀 더 나은 세상이 와서 이들이 행복한 얼굴이었으면 좋겠다.

가끔 여중학생들도 무리 지어 타곤 하는데, 상스러운 말과 욕설을 입에 달고 있어 저 예쁜 얼굴과 조그만 입에서 어떻게 저런 말이 나오는지, 놀라움을 넘어 신기하다. 가만히 보고 있다가 눈이 마주치면 입을 다문다.

서울에 오기 전에 가장 걱정한 것이 복잡한 지하철 타기였는데, 지하철 역사驛舍에 들어서기만 해도 마음이 편안해진다. 아마 시간에 대한 믿음 때문이리라.

비 내리는 제주

저녁 9시, 제주는 보슬비가 내리고 있었다. 착륙 전, 비행기 창유리에 흘러내리는 한줄기 빗방울은, 왜 그렇게 이국異國적이며 야릇한 심정이 드는지 지금도 잘 이해되지 않는다. 공항 로비를 나오니 내리는 비 때문인지 다소 혼잡하였고, 이윽고 제주 근무 중인 이 국장님을 만나 반가운 악수를 했으며, 그는 늦은 시간까지 저녁 식사도 미루고 우리를 기다렸다.

가까운 신제주 어디메쯤 유명한 흑돼지집으로 가서 '일생을 두고 가까이 하는' 소주 한잔을 하였다. 제주 소주는 흰색과 푸른색 병 2가지가 있는데, 푸른색 병을 선택하였다. 빈속의 소주는 곧 몸과 마음을 무장 해제시켰고, 두터운 듯 잘 익은 흑돼지 한 점으로 행복하였다. 이 국장님은 제주에 지내면서 "술도 늘고 뱃살도 늘었다."라고 하였다.

밤 몇 시쯤 되었을까, 법원 근처 맥줏집 '소울 메이트'에 다다랐다. 자욱한 안개와 더불어 비는 내리고, 어두컴컴한 곳에 불을 밝힌 '소울 메이트'(즉 영혼의 반려자)는 간판이 너무 멋있었다. 늦은 시간이지만 실내에는 손님이 몇 군데 보였고, 중년의 여주인은 우아하였다. 그 누구에게 영혼의 반려자일까?

하지만 다음날 아침에 본 '소울 메이트'는 별로였다. 넓은 도로변에 휑하니 위치해 있었던 것이다.

탐라헌

3일간 숙소로 쓰는 탐라헌은 법원 가까운 곳에 있었다. 골목길을 돌고 돌아 들어가서 조용한 데에 운치 있게 자리 잡았고, 들어가는 길이 좁지않은 데도 일방통행인 것이 인상적이었다.

내부는 호텔처럼 깔끔하였고, 주방 식기 등도 있어 지내기에 최상이다. 다만 침대가 하나뿐 이라서 그것이 흠이라면 흠이었다. 그런데 따뜻한 물이 나오지 않는다. '아, 여기도 섬인지라 에너지난이 심각하구나' 대충 에너지 절약하는 것으로 생각하였고, 서로가 온수溫水에 대해서는 일언반구도 없었다. 그러나 샤워하기에는 불편하였다. 이틀을 지난 후 나중에 안 사실이지만, 방 안에 있는 전원 스위치를 올려야 따뜻한 물이 나온단다. 그것도 모르고 오들오들 떨며 샤워한 생각을 하니 우리가 둔하기는 둔한가 보다.

아침에 눈을 뜨자 홀연 한라산 영봉과 그 자락이 신기루처럼 펼쳐졌다. 영봉을 중심으로 왼쪽으로는 흙붉은오름을 거쳐 5.16도로로 능선이 사뿐히 내려앉고, 오른쪽으로는 어승생악을 포근히 감싸 안으며 이어진다. 뜻밖의 모습에 깜짝 놀라 눈을 의심하며 거실로 나와 다시 바라본다. 한라산 영봉을 이렇게 편안하게 볼 수 있다니! 한라산은 멀면 먼 대로 가까우면 가까운 대로 안개와 구름으로 가려져 여태껏 잘 볼 수가 없었다.

마침 계절이 가을 건기이기도 하고, 탐라헌 주위가 주택 단지라 고층 건물이 없기도 하며, 바로 한라산을 마주하게 지어졌기도 하다.

선녀 仙女

아침 8시, 탐라헌을 나와 1131번 일명 5.16도로를 따라 달리다가, 본격적으로 오름을 오르기 전에 숨 고르기로 산천단에 내렸다.

산천단! 정월 초하룻날 한라산신에게 제사지내는 곳으로, 처음에는 백록담에 올라 제사를 지냈는데, 날씨가 춥고 길이 험해 제물祭物을 지고 올라가는 종이 얼어 죽는 경우가 많았다 한다. 이에 조선 성종 때 목사 이약동이 부임하여 이곳으로 옮겨 산신제를 지내게 하였다 하는데, 당시 종들은 그 추운 겨울날에도 삼베옷만 입고 제물을 지고 다녔다고 강 과장님이 한마디 한다.

도로를 바꿔가며 제주 동부 중산간 지대로 한참을 달려 아부오름 앞에 멈췄다. 비는 그쳤지만 어쩐지 을씨년스러운 날씨였고, 주위에 인기척은 없었다. 드디어 오름을 오르다니 감개가 무량하였다. 연전年前에 제주에 왔을 때 오름을 오르고 싶었으나, 제대로 찾지 못하고 헤매다가 그냥 돌아선 적이 몇 번 있었기 때문이리라.

이번 여행은 하루 열 개씩 즉, 토요일은 동부 중산간 지대 오름 10곳, 일요일은 서부 10곳으로 하여 총 20개 오름 산행을 계획하였다. 이제 그 첫 오름이니만큼 설레었다.

오름은 대개 목장과 겸하고 있었는데, 강 과장님이 "이 아부오름 입구 목장 주인은 지독한 사람"이라고 하였다. 그러면서 "구제역이 발생할 때에는 오름에 들어갈 수가 없다."라고 하였다. 오름 입구에는 철조망이 둘러져 있었고, 그 철조망을 적당히 우회하여 목장을 지나 얼마 오르지 않아 곧 정상에 이르렀다.

한데, 밑에서는 경주 반월성 같은 언덕으로 보였는데, 위에 올라서니 사방이 확 트인 둥근 모습이었고, 그 제일 높은 곳에 선녀가 내려와 있었다. 깜짝 놀랐다.

산상山上의 선녀! 그녀는 머리가 길었고 챙이 있는 모자를 쓰고 있었으며, 손에는 카메라가 들려 있었다. 가까이 다가가서 말을 걸었더니 "오름 여행을 왔으며 무슨 무슨 오름을 갈 예정"이라고 하면서 길을 물었다. 우리도 오름 산행을 하는 중이라 하니 따라 다니겠다고 하였다. 거명되는 오름 중 상당수가 우리와 비슷하였다. 여행 목적이 같은 사람을 만나다니!

제주에서 오름은 여행자에게 흡사 산중의 암자와 같은 존재이리라. 아직은 번잡하지도 개발되지도 않았고, 다만 방목하는 소떼들만 있었다. 다랑쉬오름이 '오름의 여왕'이라면 아부오름은 '오름의 꽃'이다. 분화구 안에는 삼나무가 원형을 이루어 꽃 속에 다시 꽃을 피운 모양으로 한 떨기 꽃과 같은 오름이다. 어찌 보면 원형 극장 같은 모습이기도 하고.

아부오름에서 보면, 주위에 오름들이 물방울 같이 흩어져 있어 전망이 좋은 오름으로 앞오름, 압오름으로도 불린다.

강 과장님은 이 아부오름이 "가장 경제적인 오름"이라고 하였는데, 이유는 높지 않아 쉽게 올라가서 전망이 좋기에 노력대비 효용 만점이라고 하였다.

아이들

이제 동행자가 생겼다. 2명이 올라가서 3명이 되어 내려온 것이다. 그녀는 아침에 비행기로 와서 이제 첫 오름이며 오늘은 오름만 산행하고, 내일(일요일)은 영실에서 윗세오름을 거쳐 어리목까지 한라산을 산행한 후 여력이 있으면 오름을 몇 개 더 오르고 저녁에 돌아간다고 하였다. 우리는 내일도 오름만 오를 것이며, 모레(월요일) 아침에 돌아간다고 하니 "부럽다"고 하였다.

내일도 우리와 같이 오름을 다니자고 하니 자신은 계획대로 오늘만 같이 다니겠다고 하였고, 승용차도 없이 왔기에 어떻게 여기까지 왔냐니까 버스도 타고 택시도 타고 왔으며, 우리를 만나지 않았으면 계속 그렇게 오름을 찾을 것이며, 오늘 대략 5~6개 정도 오름을 오를 예정이었다 한다.

이런 얘기를 나누는 사이 곧 근처에 있는 백약이오름 입구에 다다랐다. 그 사이 날씨는 맑아졌다. 한눈에 위로 능선이 시원스레 펼쳐지고, 길은 마치 하늘로 오르는 철도 침목처럼 계속 나무 계단으로 이어진다. 저만치 앞에는 초등학교 3~4학년쯤 되었을까 보이는 아이들 20여 명이 올라가고 있었고, 오름의 아름다운 능선과 넓은 풀밭이 아이들과 어우러져 그 광경이 너무 좋아 눈을 뗄 수가 없는데, 드레스 입은 5월의 신부가 넓은 풀밭에 앉아 있는 모습 같은 느낌이랄까.

아이들! 우리의 미래인 아이들과 관련하여, 2010년 인구주택총조사에서 핵심 생산층(25-49세)인구가 조사 이래 처음으로 감소하였고, 8년 후엔 절대 인구의 감소를 전망하고 있다. 그래서 최근 KDI(한국개발연구원)는 보고서에서 저출산 문제의 해법을 제시했는데, 그 주 내용이 동거와 혼외 출산 등 개방적 생활 양식을 받아들이고, 혼외 출산에 대한 부정적인 인식이 바뀌어야 초저출산의 고비를 넘을 수 있다고 한다.

보고서에는 한국을 위시한 유교적 전통의 아시아 선진국은 가임 여성 1명당 1.3명 이하의 출산율인데 반해, 북유럽은 1.7명으로 그 중 혼외 출산 비중이 40~60%를 차지한단다. 즉 절반은 동거 등 혼외 출산이라는 말이다.

같은 날(2011. 11. 17자) 중앙일보 사설에서는 위 보고서를 인용하며, '인구를 늘리려면 국민의 가치관과 인식이 바뀌어야 하는 바 그 생각을 바꾸는 건 쉽지 않으므로 이에, 새로운 정책과 제도의 변화가 선행되어야 하며, 그 제도의 변화가 가치관의 변화를 이끌 수 있다' 라고 역설하고 있다. 한편, 양현아 서울대 법학전문대학원 교수는 '우리 사회가 동거나 혼외 출산을 받아들이는 것은 저출산 대책을 넘어서 인권의 문제' 라고 한다.

교편을 잡고 있는 친구의 말에 의하면, 자기네 학교 여선생님 10명 중 8명은 미혼인데 모두 30대 중후반, 40대, 50대라고 한다. 이 경제력 있는 선생님들이 결혼은 하지 않더라도, 사회의 편견이 없고 제도만 뒷받침해 준다면 아이를 낳아 키우거나 아니면 입양이라도 해서 한 명씩이라도 양육해 주었으면 얼마나 좋을까 생각해 보았다.

우리는 이미 호주제를 폐지하고 자녀의 복리를 위해서는 성姓도

바꿀 수 있는 획기적인 가족 관계 등록법을 보유한 저력이 있는 사회이다. 잘 되리라 믿어본다.

백약이오름도 주위에 전망이 뛰어나 좌보미, 용눈이, 다랑쉬오름을 위시해서 성산 일출봉까지 훤히 보였다. 우리는 제법 큰 분화구 위를 소 배설물을 피해가며 느릿느릿 걸었다. 말없이.

내려오는 길에 그 애들과 마주쳤다. 노트와 연필을 갖고 있었고, 가냘픈 얼굴을 한 아이 한 명이 내게 물었다.

"이 흰 꽃은 이름이 뭐예요?"
"모른단다."

조금 더 내려간 후 그녀는 그것이 무슨 꽃이라고 말해 주었는데, 잘 알아듣지도 못하였고, 지금은 더더욱 기억이 나지 않는다.

백약이오름 주변에는 넓게 약초를 재배하고 있었고, 그 푸른빛이 마치 녹차밭 같았다. 백 가지 약초가 난다고 하여 백약이오름이 되었다 한다.

선생님과 야고

동부 중산간 지대의 오름은 구좌읍에서 표선면 경계 쪽으로 집중 분포되어 있고, 우리는 지금 그중심에 있다.

백약이오름을 내려와 동검은이오름을 돌고 돌아 찾아가고 있는데, 그녀는 자기가 알고 있는 길은 이 길이 아니라고 하였다. 미리 인터넷을 통하여 와 보지 않고도 위치를 알고 있는 듯하였고, 아마 그녀는 가까운 위치라 도보길을 생각한 듯하였다. 높은오름 언저리 구좌공동묘지 쪽에 차를 주차하고 거기서부터 걷기 시작하였다.

도로변에 많은 차가 있어 살펴보니 저만치 장례 행렬이 있었다. 전통 장례복장을 한 상주와 친족들이 무덤 옆에서 한가로워 보였다. 죽음은 어떤 의미일까?

제주 사람들은 오름에서 태어나 오름으로 돌아간단다. 오름은 제주 사람들의 마음의 고향이자 엄마의 품이리라.

묘지 부근에 '핀 고사리'가 많이 보이자, 그녀는 이 근처에 고사리가 많은지 물었고 강 과장님이 그렇다고 하니, 내년 봄에 고사리 꺾으러 오고 싶다고 하였다.

그윽한 향기가 바람에 실려 날아온다. 주위에 향기 나는 나무가 있단다. 우리는 나란히 걸었다. 제주는 계절이 조금 늦은가 보다. 이제 억새가 한창이니까.

문석이오름과 동검은이오름은 맞닿아 있었다. 먼저 문석이오름을 오르기 시작하니 초입이 가파르고 억새가 우거져 손으로 헤치며 나아갔다. 하지만 곧 넓은 길이 나왔고 전망이 시원하였다. 벌써 다 오른 것이다. 문석이오름은 정상이 평탄하여 일부는 밭으로 이용하고 있었고, 목초를 심어 놓아 멀리서 보면 꼭 청보리밭 같았다.

도중에 그녀가 억새를 유심히 살피더니 무엇을 발견했단다. 가서보니 억새 밑동에 빨간 꽃이 피었다. 신기했다. 그녀는 '이것은 야고라 불리는 꽃으로 억새에 기생寄生한다' 고 하면서, 이름을 잊기 쉬우니 '야구'를 생각하면 된단다.

엽록소가 없는 야고는 스스로 양분을 만들지 못하고 억새 뿌리에 붙어서 살아가는 한해살이 기생식물로, 뱀에 물렸을 때 사용하나 인체에 해로운 독이 있으므로 주의해야 하며, 주로 제주도에만 분포한다고 하였다.

야고

이때부터 우리는 그녀를 선생님으로 불렀다. 강 과장님은 수업료 대신으로 차비를 받지 않겠다고 하였다.

문석이오름에서는 동거문이오름이 빤히 건너다보이는데, 이름의 유래는 잘 알려져 있지 않으나, 일설에는 '문석'이라는 사람이 살았다 하여 붙어진 이름이란다.

제주의 신神은 바람을 타고

　동검은이오름은 일명 거미오름으로도 불리며, 오르면서 모습이 수시로 바뀌는 종잡을 수 없는 오름이다. 밑에서 볼 때부터 위압적이며 신령스럽게 느껴졌고, 초입부터 가팔랐다. 가파른 언덕을 올라가는데, 안개는 자욱하고 폭풍이 휘몰아쳤다.

　바람이 어찌나 센지 자꾸 뒤로 밀려났고, 바람에 흩날리는 여인의 머릿결은 신녀神女의 모습으로 보였다. 이윽고 오른 정상은 양쪽이 가파른 절벽으로 천상天上의 세계 같았다.

　신들의 땅 제주! 바람을 마주하고 서니 광란의 교향곡이 울려 퍼지는 듯하고, 제주의 1만 8천 신神들이 곧 나타날 것만 같았다.

　제주도는 1년에 한 번 이사하는데, 그때가 대한과 입춘 사이 약 일주일의 신구간新舊間이다. 이때 새로운 신과 구신의 자리 교체가 있는데, 지상의 모든 신들이 옥황상제께 새로운 임무를 받기 위하여 자리를 비운 사이에 이사를 해야 한단다.

　신구간에는 워낙 일손이 모자라서 육지에 나가 있는 가족들까지 모두 와서 이사를 도와야 한다고 강 과장님이 얘기해 주었다. 내려오는 길은 반대편으로 곶자왈(제주 중산간지대에 나무가 무성하게 우거지거나 가시덤불이 엉켜져 들어가기 어려운 곳)지대를 통과하여 철조망 옆 나무 사다리를 넘어 내려왔다.

용눈이와 다랑쉬

용눈이오름 주차장은 널찍하게 잘 정비되어 있었다. 주차장을 지나 능선에 올라서니 맞은편 다랑쉬오름과 아끈다랑쉬오름이 한눈에 들어왔다. 이때 그녀의 탄성이 흘러 나왔다. "아, 저기 저 나무" 아끈다랑쉬오름의 밋밋한 능선 한쪽 끝에 서 있는 나무 한 그루를 일컫는 것이었다. 여기에서 보는 아끈다랑쉬는 일직선 능선으로만 보인다.

고故 김영갑! 그는 부여 출생으로 사진을 찍으며 제주에 정착하였다. 바닷가, 해녀, 오름, 한라산 등 그의 발길이 닿지 않은 곳이 없었고, 중산간 지대 오름을 오르며 특히 용눈이오름에 천착하였다. 2002년 갤러리 두모악을 열었으나, 이미 루게릭병을 얻어 투병하다가 2005년 영면하였다.

병을 얻기 전, 카메라를 메고 중산간 지대를 누비는 젊은 날의 김영갑은 멋있었다. 그때 그는 용눈이오름을 오르며, 맞은편에 보이는 '나무 한 그루를 넣은 아끈다랑쉬 능선'을 감동적으로 찍었던 것이다. 그녀는 지금 그 사진을 떠올리는 것이다.

용이 누운 형상이라 하여 붙여진 용눈이오름은 여성적인 부드러운 곡선미를 가졌다. 어디를 보아도 모난 곳이 없다. 너무 부드러워 그저 구르고만 싶다.

넓은 밭 사이로 난 길을 지나서 다랑쉬오름 입구에 도착하였다. 등산로 초입에 있는 아름드리나무들을 통과하여 본격적인 등산로가 이어진다. 앞에 선 그녀는 얼마나 경쾌한 발걸음으로 올라가는

지 그 뒷모습이 마치 여고생 같다.

얼마쯤 올라가다가 맞은편을 내려다보니 아끈다랑쉬가 한눈에 들어오는데, 커다란 '단팥빵' 같은 모양이었다. 용눈이오름에서는 일직선 능선으로만 보였는데….

그 모습이 너무 신기해서 올라가면서 보고 또 보았다. 어찌 보면 커다란 UFO(미확인 비행물체)가 내려앉은 모습 같기도 하고.

정상에서 보는 큰 분화구는 그 규모가 엄청나서 주위를 압도하는 기운이 느껴졌다. 백록담을 보지 못하신 분은 이 분화구를 보면 대충 짐작이 가리라 여겨진다. 다랑쉬는 '오름의 여왕'이 아니라 '오름의 제왕'으로 불러야 할 듯하다. 용눈이와 같은 여성스러운 면은 없어 보이니까.

그녀가 빵을 내어 놓았다. 귤과 함께. 그러고 보니 벌써 오후 3시가 넘었다. 오름에 미처 점심 먹는 것도 잊어버리고 다니고 있었다. 하기야 이곳 중산간 지대에는 밥 먹을 식당도 없단다.

그녀는 열심히 꽃, 식물, 풍광 등을 찍었다. 사진을 찍어 주겠다고 하니 한사코 자신은 찍지 않는다고 하였고, 다니면서 꽃 이름, 나무 이름 등을 얘기해 주었다.

강 과장님이 "식물이나 수목의 학명은 어떤 법칙성을 가지고 이름을 짓는 것도 아니어서 이름을 외우기가 매우 어려운데 대단하다."고 칭찬하였다. 혹시 식물원에 근무하느냐고 물어보니 아니라고 하면서 취미로 한단다.

다랑쉬오름은 분화구가 마치 달처럼 보인다고 하여 붙여진 이름이라고 하며, 오름 중에서 분화구가 가장 크다.

억새밭

아끈다랑쉬는 오르는데 5분도 채 걸리지 않았다. 맞은편 다랑쉬 오름에서는 단팥빵으로 보이던 것이 막상 올라와서 보니 오름 전체가 억새밭이었다. 또 다른 아끈다랑쉬의 변신이다. 억새가 너무 좋아 사진을 찍고 또 찍었다.

'아끈'은 '작다'라는 뜻의 제주어로 참 정겨운 낱말이다.

이제 다시 송당리로 나와 따라비오름을 향하였다. 가는 길에 정석항공관 앞에서 비행장 쪽으로 들어가는 좁은 포장도로가 나 있었는데, 쇠사슬로 막아 놓았다. 그 앞에 적당히 주차하고 그 너머에 들어서니 새로운 세상이 열렸다. 이곳은 그냥 지나치기 쉽게 되어 있었다. 그녀도 인터넷으로 보고는 왔어도 찾을 수 없었다고 하였다.

비행장 옆으로 억새밭이 끝없이 펼쳐진다. 정선 민둥산의 억새밭보다 그 규모가 훨씬 크다. 저 멀리 보이는 언덕 아래까지 억새마당이 계속 펼쳐지리라. 가도 가도 끝이 없었다.

표선면 가시리에 들어서서 식당을 찾았다. 강 과장님은 7년여 세월이 흘러 기억이 가물가물 하였고, 그녀는 '가시식당'을 보고 왔노라고 하였다. '가시식당'에 도착하니 강 과장님이 생각한 그 식당과 같은 식당이었다. 여행 목적과 더불어 식당까지도 같다고 강 과장님이 신기해 하였고, 때는 오후 4시 30분이었다.

늦은 점심으로 순대국과 몸국을 시켜 먹었다. 순대국은 순대를 갈아서 덩어리로 만들어 수제비처럼 넣었고, 몸국은 돼지 뼈를 푹

고아서 만든 국물에 몸(해초의 일종)과 돼지고기를 듬뿍 넣었다. 그 맛이 너무 좋아 제주 사람들은 행복할 것이라고 생각하였다. 이 맛있는 몸국과 순대국을 자주 먹을 수 있을 테니까.

강 과장님은 이 몸국을 보면서 지난날 제주 사람들의 어려움을 이야기하였다. 결혼을 하면 같은 집에 살면서도 시어머니와 아들 내외는 밥을 따로따로 해먹는단다. 그것은 '굶는 꼴'을 서로가 볼 수 없어서란다.

아름다움에 대하여

가시리에서, 중간에 차를 만나면 교행하기도 힘든 좁은 포장도로를 타고 약 10리쯤 들어가면 따라비오름이 나온다. 그녀는 따라비오름을 내년에 오르기로 생각하였는데, 오늘 오를 수 있어 기쁘다고 하였다. 넓은 초원을 가로질러 목장을 지나면 산길이 나오고 곧 나무 계단으로 이어진다. 다시 10여분 후 정상에 오르면 아름다운 곡선이 이리 저리 펼쳐지는데, 과연 '오름의 여왕'으로 불릴 만하였다. 용눈이오름과는 또 다른 모습으로, 분화구를 3개나 가진 우아한 오름이다.

해 질 녘, 억새와 어우러져 사진을 찍고 있는 여인의 뒷모습은 너무나 아름답다. 그야말로 예술 작품이다. 어떤 그림이 이보다 더 완벽하고, 어떤 예술품이 이보다 더 아름다울 수 있단 말인가!

'여자는 왜 아름다울까?'

이것이 항시 의문으로, 인생의 숙제이기도 하다.

따라비오름은 지아비, 지어미가 서로 따르는 모양에서 나왔다고도 하고, 시아버지, 며느리 형국으로 땅하래비에서 유래되었다고도 한다.

털머위꽃

따라비오름을 내려오니 어둑어둑해지고 있었다. 조천읍을 통과해서 제주 시내에 들어서니 차가 밀리기 시작한다. 외곽으로 우회하며 제주 시내에 있는 사라봉과 별도봉을 찾아가고 있는 중이다. 이미 8개의 오름을 올랐으며 나머지 2개만 더 채우면 10개 목표를 달성하는데, 이미 날은 저물었으니 밤에도 오를 수 있는 사라, 별도 양봉을 생각해낸 강 과장님의 아이디어가 놀랍다.

오름은 그렇게도 잘 찾아다닌 그였지만, 시내 지리는 어두워졌기도 하고 세월이 흐른 탓이기도 한지 잘 찾지 못하며, 제주항을 사이에 두고 빙글빙글 돌기만 한다. 그때 한 통의 전화가 걸려오는데, 남한산성을 산행하는 체육 대회를 마치고 식당에서 뒤풀이하던 민사 집행과 직원들이다. 그 요지는 '우리가 강 과장님을 얼마나 좋아하는지 아느냐'인데, 얼마나 장황하게 이야기 하는지 10분도 더 걸렸다. 하지만 그 전화 한 통화로 원기를 회복(?)한 그는 신기하게도 바로 길을 찾았고, 사라봉 입구에 도착할 수 있었다.

완만한 경사를 따라 사라봉을 오르면서, 길가 가로수 아래에 목을 길게 빼고 나온 귀여운 노란 꽃들이 무리지어 보였다. 무슨 꽃이냐고 물었더니 '털머위꽃'이란다. 털머위꽃! 국화 송이 같이 동그랗지만 더욱 귀여운 노란 꽃. 제주도의 대표적 가을꽃이란다.

그녀는 세 번을 외우면 이름을 기억하게 된다고 하였다. 마음속으로 연달아 세 번을 외웠다. 그런데 내려올 즈음 '털머위'인지 '머위털'인지 아니면 '털모위'인지 '모위털'인지 그만 끝 모르게 헷갈리고 말았다.

다시 물었더니, 그렇게 연달아 세 번을 외우는 것이 아니라, 오늘 한 번 외웠으면 내일쯤 또 한 번 외우고, 그리고 열흘 이상 지난 후에 우연한 기회에 다시 한 번 외우게 되면 평생 잊어버리지 않는단다.

사라봉 정상은 구제주, 신제주 등 제주 일대가 훤히 보였다. 마치 금가루가 점점이 박힌 듯한 시내 야경을 보면서 어쩐지 외로움을 느꼈다.

별도봉 가는 길은 다시 사라봉을 내려와서 맞은편 봉우리로 가는 것이다. 사라봉길이 너무 정비된 인위적 길이라면, 별도봉길은 풀벌레 소리가 들리고 숲이 우거진 도심 속의 산속 길이다. 어릴 때 동네 뒷산 같은 아주 정겨운 길이다.

별도봉 정상에 이를 때쯤 문득 시장기가 느껴졌다. 저녁 8시경이었고, 하루 참 길기도 길고 다니기도 많이 다녔다. 서둘러 내려오면서 저녁 식사는 횟집으로 정했으며, 이때만 해도 몰랐다. 아직 오늘 하루가 많이 남아 있다는 것을.

강 과장님이 이상해졌다. 저녁 식사를 하러 법원 근처 골목길로 들어서니 횟집이 서너 군데 보였다. 내리라 하더니 주차할 곳이 없어 저쪽에 가서 주차하고 오겠다고 하면서, 우리에게 이 중 아무 곳이나 들어가라고 하였다. 자신이 더 잘 알고 있을 텐데 그냥 들어가라는 것이다.

나중에 미루어 짐작한 것이지만, 아침에 법원 근처에서 밥집을 찾아 법원 주위를 몇 바퀴 돌았지만 없었고, 저녁에도 예전에 보던 식당은 없어졌으리라. 실제로 잘 몰라서 그냥 아무 식당이나 들어가라고 했을 수도 있고, 그보다는 간판 하나에 마음이 빼앗긴 듯했다. 그 이름 '가보자 노래방!' 7년 후에도 그 자리 그대로 있는 것이 무척 감격스러웠나 보다. 그러니 횟집은 안중에도 없는 듯했다.

식당에 들어서니 밤 9시경이었다. 몇 시까지 하느냐고 물으니 열 시 반까지 한다고 하였다. 메뉴판에 '특 100,000원'이 적혀 있었다. 횟감이 뭐냐고 물으니 '다금바리 친척'이라고 했고, 나중에 나오는 회를 보고서 강 과장님이 '구문쟁이'라고 했다.

그녀는 술酒은 거의 마시지 않았다. 하지만 솔직한 여자였다. 처음에는 회만 한 접시 나왔는데, 그 뒤 맛있는 요리가 계속 나오니 행복해 하였고, 짐작으로는 30대 중반쯤의 나이로 보였다. 뭐하는 사람이냐고 물으니 경기도 어디에서 초등학교 교편을 잡고 있단다. 그러니까 강 과장님이 "내 그럴 줄 알았다."고 하였다.

밤 열 시 반이 넘을 무렵부터 제주법원 직원들로부터 전화가 오

강기호 - 아끈다랑쉬오름에서

기 시작하더니, 이제 체육대회를 마치고 여기로 온다는 것이다. 얼마 지나지 않아 밤 11시경 오징어순대와 각종 회를 싸들고 들어왔다. 그러자 선생님은 먼저 가겠다고 작별을 고했고, 택시를 태워 드렸다.

어제 저녁에도 직원들을 만났고, 오늘은 서귀포등기소장님 등 세 분이 오셨다. 내일 가기로 예정한 노꼬메오름은 처음이라고 하니 그중 한분인 현 계장님이 흔쾌히 동행하겠다고 하였다.

내일이 된 후의 일이지만 내일도 직원들과 만나게 되었고, 제주 사람들은 진정 강 과장님을 잊지 못해 하는 것 같았다. 부모가 오셔도 어찌 이렇게까지 반가워할 수 있겠는가. 밤마다 찾아오고 낮에도 동행하고.

지난해 강 과장님이 중앙법원에 부임해 와서 점심 식사하러 밖에 나가면, 직원들이 멀리서 보고서도 달려와 '강 과장님~' 하면서 곧 자지러지면서 반가워하는 장면을 몇 번이고 본 적이 있었는데, 그때에는 그 상황에 적응이 잘 되지 않았었다.

제주어濟州語는 축약이 발달된 듯했다. 어제 만난 박 과장님이 특히 즐겨 썼는데, 예를 들면 핸, 간, 기, 가봐완 등이 있다. (핸: 하느냐. 합니까, 간: 가느냐. 갑니까, 기: 그래?. 그렇습니까, 가봐완: 가서 보고 와서 내게 말해 줄래?)

이때 주의할 것은 중국어의 4성과 같은 성조가 있다는 점이다. 중국어의 제2성은 음계音階의 '미'에서 시작해서 '솔'로 끝나는데 이와 유사하다. 발음이 '핸~' 길게 빼면서 위로 올라간다.

'제주어(일명 탐라어)'는 한국어 계통의 언어로서 현재 약 1만 명 (2011년 제주도 인구는 58만 명)정도가 사용하고 있다고 하며, 2011년 1월 유네스코는 인도의 '고로어'와 함께 아주 심각하게 위기에 처한 언어로 분류하고 있다.

고어古語가 많이 보존되어 있고, 독자 형성된 단어도 많다고 한다. 또한 일본어, 중국어, 몽골어 등 차용 언어가 많은데, 특히 원(몽고) 간섭기 몽골어 영향이 크다고 하며, 그 외 조선시대 들어 양반들의 유배지로 한자어 영향도 있다고 한다.

제주도 교육청 관내 초등학교에서는 수업 과정에서 1주일에 1시간 정도라도 제주어 수업을 해서 자라나는 세대가 제주어를 계승해 나갔으면 하는 바람이다. 그것이 우리 문화를 풍요롭게 할 테니까.

중년中年이란

식당 주인은 열 시 반에 마친다고 해놓고, 도리어 반찬을 더 가져오는 등 친절하기 이를 데 없었다. 이미 다른 손님은 없었고, 늦어서 미안하다고 하니까 괜찮다며 단골손님이 와서 좋다고 하였다. 식당을 나설 때 자정은 지났으리라.

우리 5명은 자연스럽게 강 과장님이 그렇게 감격해 마지않는 '가보자 노래방'으로 자리를 옮겼다. 우리를 맞이하는 여주인은 중년에서 노년으로 넘어가기 전, 즉 중년 후반의 인상이 넉넉한 분이었다. 그런데 강 과장님을 보더니 반가워서 어쩔 줄 몰라 했다. 둘이 똑같이 반가워했다. 고향이 같은 장수라나 어쩌나 하면서.

중년中年! 중년은 청년에서 노년 사이의 단계를 이르는 말로 대개 40세 안팎의 나이를 말하며, 때로는 50대까지 포함하는 경우도 있다고 한다. 그러나 수명 100세 시대를 사는 요즈음 중년을 40세에서 69세까지로 보고 있다. 다시 말해서 중년 30년이고 노년 30년이다. 이 중년 30년을 아름답게 보내야 하고 또 아름다워야 한다. 그래야 노년 30년도 편안하고 아름답게 보낼 수 있다.

"여자가 중년에 접어들면서 겉으로 드러내지 못하는 가장 큰 두려움은 뭘까. 아마 '이젠 누가 나를 여자로 볼까'일 게다. 내 경우, 같은 아파트에 사는 좀 괜찮다 싶은 이웃 남자가 엘리베이터 안 거울을 보며 이빨에 낀 찌꺼기를 쩝쩝 빼낼 때 그 순간이 찾아왔다. 옆에 있던 나는 여자도 뭣도 아니었다…(중략)…하지만, 상상 이상으로 우리에게 여전히 긴 '여자로서의 인생' 이 남아있다…(중략)"

- 임경선 『연애하는 중년, 당신은 여자다』에서

중년은 인생의 핵심이다. 젊을 때는 너무 젊어서 사랑을 잘 모른다. 어떻게 사랑하는지도 잘 모르고 사랑받을 자세도 되어 있지 못하다. 사랑한다는 것이 상처만 주고받기 일쑤이다.

다시 탐라헌에 들어왔을 때는 새벽 2시가 넘었을 것이다. 다시 그 지긋지긋한 찬물 샤워를 하면서 또 내일 하루를 꿈꾼다.

노꼬메

아침에 일어나서 세수를 하고 있는 사이 현 계장님이 벌써 방문을 노크한다. 우리가 늦잠을 잤나 보다. 서둘러 준비하여 아침 식사를 하러 법원 근처 '수성식당'에 갔다. 어제 아침 이 근처를 그토록 찾았건만 보지 못했던 곳인데, 나무가 식당을 가리고 있어, 알고 보지 않고는 보이지 않을 법하다.

식당 안은 손님으로 가득하였고 비릿한 생선 냄새가 났다. 해장국집인데, 콩나물국밥 종류도 있었으나, 갈치국, 각제기국 등 생선국밥이 주류였다. 즉 제주 토박이를 위한 식당인 듯했다.

강 과장님은 일찍이 제주에 가면 몸국, 각제기국(전갱이를 넣고 끓인 국밥), 보말국(고둥을 넣고 끓인 국밥) 이 세 가지는 맛보아야 한다고 하였다. 물어보지도 않고 각제기국 3개를 시켰다. 다른 사람들은 땀을 뻘뻘 흘리면서 잘도 먹는데, 뜨겁기만 뜨겁고 별로였다. 도리어 옆자리 손님이 먹고 있는 갈치국이 맛있어 보였고, 갈치 비린내가 더 익숙하게 느껴졌다.

1135번 서부관광도로를 달리다가 제주경마공원을 얼마 지나지나지 않아 곧 분기점에서 제1산록도로로 접어들었다. 전국의 도로에는 고속도로든 국도든 지방도이든 번호가 있는데, 홀수 번호는 남북으로 난 도로이고, 짝수 번호는 동서로 난 도로이다. 즉, 대표적으로 1번 국도는 목포에서 신의주까지이고, 2번 국도는 신안에서 광양을 거쳐 부산까지이다. 이것은 수원 근무시절, 전국을 순회 출장 다닌 적이 있는 원 과장님으로부터 들은 것인데, 하지만 제주도는 섬 일주 도로가 있는 등 그 구분이 좀 모호하다.

노꼬메오름 입구는 등산객으로 붐볐다. 확실히 동부 중산간 지대의 오름보다는 인파가 많았다. 들어가는 입구는 목장이라 말 배설물이 많았고 평탄한 길이 이어졌다. 본격적으로 산행이 시작되면 숲길이 나타나는데, 동부의 오름은 땡볕인데 반하여 여기 서부의 오름들은 숲이 우거져 한여름에 등반하기 좋다. 잡목 지대를 통과하면서 한참을 오르니 나무 평상이 나왔다.

평상에 앉아 쉬면서 둘러보니 '송이채취금지'란 표지판이 보였다. 신기했다. 여기에도 송이(버섯)가 나는가 싶어 물어보니, 이 '송이'는 버섯이 아니라 화산 분출물로 화산재의 일종이란다. 즉, 난을 심을 때 넣는 난석蘭石과 비슷하게 생긴 것으로 주로 엉켜서 뭉쳐져 있는데, 조경 재료, 화장 용품 등으로 각광을 받는단다.

조금 더 올라가니 이제 아름드리 소나무 지대가 나온다. 여름에는 산림욕에 그만일 듯했다. 이윽고 능선으로 올라서면 온 천지가 억새 세상이 된다. 능선을 따라 정상으로 가면서 보이는 맞은편 한라산 자락은 그 규모가 웅장하고 장대하여 놀랍고도 기쁘며, 가슴이 두근거리기까지 한다. 마치 무슨 큰 비밀이라도 본 양.

정상에서는 날씨가 좋아 한라산 영봉이 한눈에 들어온다. 시월의 햇볕은 영봉을 바라보기에 더없이 좋다. 내려가기 싫은 것을 내려가야만 하는 것도 마음의 수양修養이리라.

아이 키우기 어려운 사회

내려오면서 주말에 어느 정도의 관광객이 오는지 궁금하여 현계장님에게 물어보니, 성수기에는 6~7만 명 정도 온단다. 올레길이 개발되면서 늘어났고, 최근에는 중국 관광객이 부쩍 늘어났단다. 여태껏 제주도에 여행 다니면서 제주도민보다 관광객이 많고, 오늘 산행 인구 중에도 관광객이 당연히 많은 줄 알았는데, 제주 말을 자주 듣는 등 제주 사람이 훨씬 많았다. 왜 그런 착각을 하였는지 지금도 의아하다.

예닐곱 살 쯤 되어 보이는 아이가 다리 아프다고 업어달라고 떼를 쓰기도 하고, 반대로 달려 내려가는 아이도 보인다. 이 오름에는 특히 아이들이 많이 보여 흐뭇하였는데, 평소 출근길에 법원 마당에서 엄마 손잡고 유치원으로 들어가는 아이를 보면, 법원이 평화로워 보이고 법원도 사람 사는 곳 같은 느낌을 받곤 하였다.

점차 법원 유치원을 확대해서 직원들이 아이 키울 걱정을 덜하고 살았으면 좋겠다. 이 탁아소 문제에서는 우리가 북한보다도 후진 사회이다.(노동착취 문제는 별론으로 하고)

아이를 돌봐주는 사람이 없을 때 얼마나 힘들게 직장 생활을 하며, 또한 부모 입장에서도 이제 자녀들 다 키우고 중년을 맞아 서예도 배우고 우아하게 살아보려고 하는데, 돌봐줘야만 하는 손자가 생기면 중년 이후 인생 전체가 달라져 버린다. 그뿐만 아니라, 우리 사회는 '아이를 낳아 인간답게 키우기가 너무 어려운 사회'이다. 어릴 때부터 과외 보내고 학원 보내고 비용이 너무 많이 들어간다. 애들도 힘들어 한다. 그 문제의 중심에 '학벌 사회'가 있다.

강남의 어느 정신과 전문의가 '자식 위하는 것, 그 십분의 일만 어려운 이웃을 위해서 해보세요. 그러면 자식 교육이 저절로 돼요. 쉬쉬하고 있지만, 돈 내놓으라고 행패 부리는 자녀, 강남에 꽤 있답니다.'라고 쓴 것을 본 적이 있는데, 내 듣기로도 강남의 어느 부부는 해외로 골프 여행 가면서 자녀에게는 지방에 출장 간다고 한다고 한다. 안 그러면 자기가 물려받을 재산을 다 쓴다고 행패란다.

이 모두가 '가난하고 약하고 공부 못하는 아이 감싸주라고 가르치지 않고, 그런 애들과 놀지 말라고 하거나 공부만 하라고 가르친 탓'일게다.

몇 년 전에 TV에서 50대 여성으로 동안童顔 1등에 뽑힌 사람을 보았는데, 그녀는 고3 아들이 있지만, 잠이 오면 잠자고, 공부하고 늦게 돌아오는 아들을 기다려 본 적이 없다고 했다.

그녀 왈曰 "아들이 고3이지 제가 고3입니까?"

바리메

바리메오름은 노꼬메에서 가깝다. 좁은 도로로 들어서면 양쪽으로 늘어선 삼나무 숲이 정겹게 보이고, 얼마 지나지 않아 곧 간이 주차장이 나타나는데, 한쪽은 큰바리메이고 다른 한쪽은 족은바리메이다. '족은'은 '작은'이라는 뜻의 제주어이다.

먼저 큰바리메오름부터 오르기 시작하는데, 제법 가파르다. 숲 속 길을 따라 걷다 보면 양쪽에 나무가 떡 버티어 선 '나무문'을 통과하게 되고, 이어 능선에 올라서게 된다. 천천히 능선을 돌아 정상에 오른다. 정상에서는 주위에 있는 노꼬메, 당오름, 괴오름, 다래오름, 새별오름, 이달봉 등 서부 중산간 지대 일대의 오름들이 한눈에 들어온다. 이들 서부 지역의 오름은 분화구가 터져 있다는 특징이 있다. 즉 동부 지역은 정상에 원형圓形 분화구가 뚜렷한데, 서부 지역의 오름은 정상의 분화구가 한쪽 방향으로 무너져 내려 둥근 모양이 아니다.

그나마 여기 큰바리메는 약간 원형을 유지하는데, 분화구 안에 방사탑防邪塔이 보인다. 어제 따라비오름에 올랐을 때에도 있었던 것으로, 액운을 막으려 세운 탑이란다.

한쪽으로는 조성하다 그만둔 골프장이 보였는데, 제주의 경관을 훼손하고 있어 안타까웠다. 2009년을 정점으로 미국, 일본 등에서는 골프 인구가 조금씩 줄어들고, 그 대신 자연에서의 명상, 걷기 등 웰빙 문화로 패턴이 바뀐다고 한다. 우리는 어떤지 잘 모르겠지만 무작정 늘어날 것 같지만은 않다. 강 과장님이 제주의 골프장은 손님이 주말에 집중되고 악천후로 개장일이 많지 않아 수익성이 떨어지며, 또 그 수가 너무 많다고 하였다.

족은바리메는 규모는 다소 작아도 부드러운 흙길로 숲이 잘 우거져 산책하기에 더없이 좋으며, 오름 주위로 둘레길도 정비되어 있었다. 능선에 올라서니 장성한 아들, 과년한 딸, 단정한 모친 등 3명이 김밥을 먹고 있었는데, 우리가 옆에 앉아서 쉬고 있으니, 김밥을 2줄이나 주었다. 오후 2시 정도나 되었을까, 시장하던 차에 염치는 없지만 잘 먹었다. 어라! 먹고 나니 커피까지 한 잔씩 준다. 어제는 선생님에게서 빵을 얻어먹었고 오늘은 김밥을, 점심은 얻어만 먹고 다닌 꼴이다.

내려오는 길에는 갖가지 기이하고 희한한 식물이 자주 보였는데, 몽글몽글 빨간 구슬들이 뭉친 듯이 보이는 예쁜 식물이 있어 눈길이 갔고, 곧 선생님 생각을 하였다. 그녀는 지금쯤 어디를 오르고 있을까?

새별오름

족은바리메를 끝으로 현 계장님과 작별했다. 그는 오늘 친척 결혼식이 있어 바쁜 몸인데도 우리를 위해 동행해준 것이다. 새삼 고마운 마음이 든다.

그리 멀지 않은 곳에 새별오름이 있었고, 입구는 관광 목장 겸 조랑말 공연장이 있어 대단히 넓은 공간이었다. 차를 주차하고 전망이 확 트인 포장도로를 따라 한동안 가야 하는데, 주위에 넓은 초지가 펼쳐져 눈맛이 시원하다. 그리고 그 끝자락에 새별오름이 우아하게 자리하고 있다. 마치 피안彼岸처럼.

온통 억새 천지인 새별오름은 급경사로, 약 10분 정도 숨을 헐떡이며 올라가야 한다. 저 위쪽 멀리 빨간 옷의 엄마와 어린 아들이 올라가고 있었는데, 억새와 어우러져 한 폭의 그림이다.

새별오름 입구 한켠에 최영 장군 승전 기념비가 있었다. 고려 공민왕이 탐라총관부를 폐쇄하여 원의 세력을 내쫓고 제주에 목사를 파견하였는데, 몽고 세력인 목호가 제주목사를 죽이고 난을 일으키자, 최영 장군이 출동하여 난을 진압하였다고 한다. 그때 그는 주민들에게 물고기 잡는 법을 가르치는 등 위민爲民하여 추자도에는 사당도 있단다. 군인이 고기 잡는 방법을 가르치다니! 그의 인품을 가늠해 볼 수 있는 편린片鱗으로 보인다.

최영! 그는 이성계의 반란으로 역사에 패자로 기록되었지만, 백성들 가슴속에 살아남아 아직까지 이어져 내려오고 있다. 전국 어디에 가나 무속 신앙에는 최영 장군 신神을 모시는 집이 있는데, 아직까지는 최영 장군 신이 가장 영험하단다.

재회再會

당초當初, 이 길로 곧장 차귀도, 수월봉, 송악산, 단산(대정향교) 등지로 갈 계획이었으나, 이미 오후 4시가 넘었고 저녁이 되면 제주

시내로 들어가는 길도 막힐 것 같아 제주공항 근처에 있는 낮은 봉우리인 '도두봉'을 마지막으로 하여 산행을 모두 마치고 모처럼 일찍 들어가서 쉬기로 하였다. 그리하여 한적한 산록 도로를 타고 제주로 들어가려는데, 노꼬메 입구에서 선생님을 만났다. 그녀는 새벽 6시 영실기암으로 가서 윗세오름을 거쳐 어리목으로 내려오는 한라산 산행을 마치고, 다시 노꼬메오름을 산행하고 내려오는 길이란다.

그녀가 점심을 먹지 않았다고 하고 우리도 시장하여 가까운 애월읍으로 가서 콩나물국밥을 먹었다. 애월읍에는 어제와 같은 맛집을 찾을 수 없었다.

다시 제주로 들어가고 있는 중, 전화벨이 울린다. 제주법원 고과장님이다. 지금 막 시골에서 올라왔으며, 저녁 식사를 같이 하고 싶다고 하셨다. '시골'이란 표현이 좀 이상했다. 같은 제주도인데 뭔 시골? 아마 제주시를 제외하고 다른 지역을 뜻하는 말인 듯하다. 그리하여 방금 식사했건만 2시간 후인 오후 7시에 저녁 약속을 또 하고 말았다. 따라서 시간상 도두봉도 오르지 못하게 되고 대신에 시내에 있는 '동문시장'에 가보기로 하였고, 곧 제주공항 약간 못 미쳐 '민속 5일장'이 보이자 선생님이 "아, 저기 저 시장!"

그녀는 한때 제주 5일장에 '꽂혀서' 제주 오기만하면 들르곤 했다고 한다. 여태껏 '꽂히다'라는 말은 들어 본 적은 있어도 별로 좋게 여기지 않은 단어였다. 그러나 그녀가 쓰는 단어는 왠지 싫지 않았고, 도리어 딱 맞는 표현일지도 모른다고 생각했다. 말이란 누가 어떤 상황에서 어떻게 쓰느냐에 따라서 이렇게 달리 받아들여지다니.

김만기 집터와 빙떡

동문시장은 규모가 대단하였다. 중간쯤 어딘가에 이르렀을 때, 강 과장님이 갑자기 과일 가게 옆 한켠에 쌓여져 있던 플라스틱 과일 박스를 치우고 있었다. 속으로 '과일을 사려나 보다. 하지만 누가 먹지' 생각하고 있었다. 그런데, 문득 비석이 나온다. 이름하여 '김만기 3대 집터'이다. 즉, 조선 후기 노론의 대표 집안인 김만기와 그의 아들 김진구, 손자 김춘택 등 3대가 제주도로 각기 유배 와서 살았던 집터 자리 표지석이다. 우리는 깔깔 넘어갔다. 역시 강 과장님이야.

시장 끝자락에 '할망빙떡'이 보인다. 선생님이 반색을 한다. 이집에 오고 싶었노라고. 그리고 전에도 왔었는데, 문을 닫아 한 번도 만나지 못하였노라고.

빙떡은 8개 있었다. 할머니는 오늘은 이것으로 장사 끝이라고 하셨다. 즉, 우리는 아슬아슬하게 도착한 셈이다. 8개를 모두 살 테니 각기 2개씩 포장해 달라고 하니, 할머니는 무엇에 삐쳤는지 그렇게는 못 팔겠으니 사기 싫으면 사지 말라고 하셨다. 할 수 없이 2개와 나머지 6개로 포장해 달라고 하면서, 일을 도와 줄 심산心算으로 앞에 놓인 비닐을 뽑아주니 그게 아니라고 타박하신다. 조금 뜸을 들인 후에, 그럼 이 비닐은 뭣에 쓰냐고 물으니 그건 옥수수 쌀 때 쓰는 거란다. 우리가 보기엔 그 비닐이 그 비닐이건만.

빙떡은 돼지기름을 두른 철판에 메밀가루로 얇게 전을 부쳐 그속에 고물로 무채와 양념을 넣어서 빙빙 돌려 만든 떡으로 제주 향토 음식이며, 차게 해서 먹으면 더욱 맛있단다.

제주 소주의 위력

빙떡을 끝으로 선생님과 다시 작별하고 우리는 제주법원 청사로 돌아왔다. 법원에 온 것은 우리가 2일 동안 타고 다닌 승용차를 넘겨주기 위함이다. 이 차는 이 국장님 소유로, 이 국장님이 직원 체육 대회, 법원 행사 등으로 우리와 동행할 수가 없어 차만 우리에게 준 것이다. 하지만 시간이 촉박했다. 7시 약속인데, 법원에 들어오니 7시에서 1분 지났고, 곧 고 과장님의 전화 음성이 날아왔다. 어디냐고.

법원 마당에 주차하고, 당직실에 키를 맡기러 들어가니 당직자가 민원인과 얘기하고 있었다. 그냥 키만 주고 나오면 될 걸 사람 좋은 강 과장님은 그 얘기를 곁에 서서 듣고 있었다. 다행히 약속한 식당은 가까운 곳에 있었고, 우리는 약속 시간에 10분 늦었다. 아마 고 과장님은 약속 시간 30분 전에는 나와 있었으리라. 그러니 1분만 늦어도 오래 기다린 것이다.

앞에 나왔듯이, 제주 한라산 소주는 2종류가 있는데, 선택하라고 하였다. 우리는 조금 도수가 약한 푸른 병을 선택하니 실망의 빛이 역력하여, 다시 하얀 병을 선택하지 않을 수 없었다. 하지만 내일이 되어서야 알았다. 하얀 병의 위력을.

고 과장님은 우리의 마시는 속도가 늦으니까, 마시고 빈 잔을 달라고 하더니 빈 잔 3개를 모아놓고 가득 부은 후 그 3잔을 모두 자신이 마셨다. 그러고는 다시 3잔을 채우더니 1잔씩 나누어 주었다. 그러니 어찌 우리가 취하지 않을 수 있겠는가.

얼마나 지났을까? 우리 셋은 그냥 가기 서운하다며 근처 맥줏집으로 갔다. 맥주를 마시던 중 강 과장님과 같이 근무했던 직원 한 분이 왔다. 이제 넷이서 마셨다. 또 자리를 옮겨 탐라헌 근처에 있는 꼬치집에 가서 좀 더 마시다가 셋이 탐라헌에 왔다. 고 과장님은 도중에 가셨나 보다.

아침에 눈을 뜨니 7시 반이 넘어가고 있었다. 대책도 없는 늦잠이다. 면도를 하고 있는데, 강 과장님이 소리쳤다. 빨리 하라고. '강 과장님도 바쁠 때가 있네' 생각하면서 웃음이 났다.

아침 8시 20분 출발 비행기인데, 탐라헌을 나오니 8시이다. 간신히 택시를 타고서 공항 로비에 들어서니 8시 10분이 지나가고 있었다. 대한항공으로 가서 티켓 신청을 하니 늦어 안 된다고 한다. 그래도 애처로운 표정으로 그 자리에 서 있으니까, 그 여직원이 막 전산 자판을 두드리며 목에 전화를 끼워서 뭐라고 한참을 통화 해 가면서 또 자판을 빠른 속도로 두드리고 하였다. 그녀의 목에 댄 깃털 칼라가 예뻐 보였다.

5분 이상이나 지났을까. 표를 뽑아 주면서 빨리 가서 타라고 하였다. 공항 검색대를 통과하여 탑승하니 마침 승무원이 미안해 하며 한 여인을 내리게 하고 있었고, 우리는 바로 그 자리로 안내되었다. 모두에게 미안한 일이었다.

야고를 찾아서

10월 마지막 일요일, 양주시 일영에서 군 복무를 하고 있는 아들 면회를 갔다가 돌아오는 길에 억새로 유명한 상암동 하늘 공원에 들렀다.

하늘 공원으로 들어가는 길목에서 바라본 북한산은, 서울 도심의 건물들을 품 안에 감싸 안고 맑은 햇살 아래 그 자태를 뽐내고 있었다. 노적봉, 백운대, 만경대, 인수봉 등 여러 암봉과 시원스레 뻗은 능선이 한데 어우러진 듯 펼쳐지며 하늘 아래 그 위용을 드러내고 있었던 것이다.

북한산이 드넓은 벌판에 있어도 멋있는 산이기는 하겠지만, 그러나 그것은 몽고 초원 지대에 바위가 삐쭉삐쭉 솟은 황량한 산과 무엇이 다르랴. 북한산이 멋있는 것은 우리의 서울이 그 안에 있기 때문일 것이다.

우리와 우리의 후손이 이 땅에 살아가는 한, 맑고 신령한 기운을 지닌 북한산은 영원할 것이다.

하늘 공원은 억새 천지였다. 억새 사이로 난 샛길을 따라 다정한 연인들, 친구들 삼삼오오 사진을 찍으며 따스한 가을 햇살 아래 산책하고 있었다.

이 하늘 공원의 억새는 제주도에서 가져다 심었기에 '야고'가 있다고 하였다. 억새 군락이 있는 곳이면 모두 헤치며 지나갔다. 공원 이쪽 끝에서 저쪽 끝까지 야고를 찾아서. 억새를 헤쳐 보느라 손등이 긁히더니 나중에는 피가 났다. 그러나 야고를 보지 못했다.

이렇듯 야고를 찾는 것은 야고가 예뻐서라기보다 그리움 때문일 것이다.

여행이란 뭘까?

사랑의 본질이 그리움이라면
여행의 본질은 외로움이다

(2011. 11. 24.)

※ 이 글은 2012. 11월호(통권 674호) 법조지에 실렸던 글임.

정석항공관 너머에서

경상도 남자와 호박

나 예뻐요
호박

나 멋있어요
호박

나 잘하지요
호박

나 누구예요
호박

대답은 언제나
호박

마음속에선
매력덩이 진주

둘째 마당

살며 일하며

산행에서
산 아래 동네의 주민들과 눈인사라도 나누면서
각 산행지 입구의 작은 식당에서 식사를 하는 등
만나는 모든 사람들과 따뜻한 마음을 함께하고자 했습니다.

01
나는 춘천이 좋다

1년 전(2016. 1. 1.자) 춘천으로 전근되어 왔을 때, 어찌나 춥던지 퇴근하면 관사에 틀어박혀 한동안 무기력하게 지냈는데, 이것이 제법 오래 이어져 벚꽃이 흩날리며 질 무렵에야 밖으로 나오게 되었다.

그렇게 밖으로 끌어낸 첫째 이유가 맛있는 음식점들이었으니, 춘천의 음식값이 서울에 비해 그리 싼 편은 아니지만 독특한 점이 제법 있다. 우선 재료비를 아끼고 않고 풍성한 식자재를 써서 음식 내용이 풍부하다.(임대료가 서울에 비해 싼 탓도 있을 것이다.)

그뿐만 아니라 '된장 소면' 등 다른 곳에는 없는 것들이 있다. 고깃집에서 고기를 먹은 후 나오는 '된장 소면'이 일품인데, 소면이 된장을 만났을 때 그 변신은 대단하여 그전에 먹어왔던 열무 소면, 잔치국수, 칼국수 등은 이제 더 이상 찾지 않게 되었다. 춘천을 떠나면 '된장 소면'이 제일 그리울 듯싶다.

그 외에도 각자 내로라 그 이름을 드높이는 수많은 막국수집들과 서면의 순두부집들이 있다. 서면 순두부집은 강원도민일보 논설위원의 〈밥집 갤러리〉를 보고 찾아가 보았는데, 초등학교 교실 분위기를 풍기는 안방과 그 벽에 붙여진 소박한 그림으로 동심에 젖어 마시는 막걸리는 그 맛이 출중하여 '이것이야말로 막걸리이다' 라고 느끼는 순간, 또 음미해 보면 미숫가루 선식을 마시는 것 같기도 하다. 서면의 또 다른 집은 동동주로 내는 노(오)란 술이 맑디맑은 청주로 감칠맛이 있어 은근하게 취한다.

그 둘째는 물이 좋다.

샤워를 해보면 물이 몸에 감기는 느낌으로 서울의 퍽퍽(?)한 물과는 차원이 다르다. 오죽하면 흰머리가 나던 분이 춘천에 살면서 검은 머리가 새로 생긴다고 하셨을까.

차를 끓일 때에도 수돗물을 쓰며, 사다 놓은 생수가 떨어졌을 땐 주저 없이 수돗물을 그냥 마시기도 한다.

셋째, 자전거 길이 잘 되어 있다.

관사가 있는 공지천에서 타고 나가서 의암호 한 바퀴를 돌면 대략 30km 정도 되는데, 처음 자전거를 인수받고 나서 마냥 타고 싶어, 둘레길이 얼마나 긴지에 대한 사전 지식도 없이 퇴근 후 어두워질 무렵 타기 시작해서, 저녁 8시쯤을 전후해서 갑자기 봄비가 내리기 시작하여 지척 분간이 안 되는 중에 빗속을 한 바퀴 돌았다. 아, 이 끝 모를 길이여…

그 후 소양강댐 가는 길이며, 느랏재 그리고 배후령 길 등, 그 기나긴 오르막길을 오르내리며 행복했다. 하루는 서면 신매저수지 윗부분 산속에 위치한 '서면 툇골오리집' 까지 자전거로 다녀왔는데, 버스만큼이나 빨랐으며 내려오는 길에 별을 쳐다보다가 넘어

질 뻔하였다.

넷째, 각종 축제가 많아서 좋다.

봄내春川의 봄이 무르익어 여름이 다가올 무렵 개최되는 마임 축제장을 찾아 매표해 들어가다가, 아무리 전후 찾아보아도 돈을 내고 들어가는 사람은 나 혼자뿐이었고, 나머지 사람들은 초대권으로 그냥 들어갔다. 그 때 이질감을 느꼈고 외로웠다.

하지만 행사장에서 팔고 있는 소품들이 너무 예뻐서 한 보따리나 사서 다음날 아이들에게 나누어 주었더니 좋아했다. 그 후에도 각종 축제, 공연 등이 거의 1년 내내 이어져 과연 춘천이구나! 새삼 느꼈다.

다섯째, 그 추위가 좋다.

지난 1월, 연일 영하 18도를 오르내리는 그 추위에 공지천 전체가 기나긴 스키장으로 변했을 때 산책로를 따라 걷다가 이따금씩 얼음 위로 걸어 들어가 얼음지치기(얼음타기)를 해보았다. 얼음 위를 두 발로 미끄러지는 그 맛도 상쾌했지만 전통 썰매를 탔으면 하는 생각이 절로 나서 알아보니, 예전엔 전통 썰매 타던 곳이 있었는데 지금은 없어졌다고 했다.

이상하게도 얼음이 그렇게 잘 얼어 있는데도 얼음 위에서 놀고 있는 아이들이 전혀 보이지 않았다. 위험 표시도 없었고 얕아서 빠질 염려도 없었는데….

강 전체를 얼게 하는 그 추위, 그 강추위가 봄을 기다리는 춘천의 또 다른 매력임에 틀림없다. 비록 그 추위 때문에 감기를 달고 살기는 했었지만….

이 매력 있는 도시에서 1년을 보내며, 공지천을 걷고 또 걸으면서 이것저것 생각을 해 보게 된다.

첫째, 여백의 미를 더 살려야 한다.

캠프 케이지 옛 부지는 일부는 공원으로 꾸미더라도 대부분은 광장으로 남겨 두어야 할 것이다. 어떤 도시는 그 길고 넓은 강변 부지를 광장으로 비워 두어 평소에는 청소년들이 뛰어 놀게 하고, 가을이면 세계 각국이 참여하는 탈춤 축제장으로 변하기도 한다. 우리도 이 광장에서 지구인이 모이는 축제도 열 수 있을 것이며, 나아가 길거리를 대신하는 촛불 축제장으로도 쓸 수 있지 않을까.

둘째, 도시의 유산을 관광 자원으로 활용해야 한다.

곳곳에 산재한 석탑은 강원도만의 특색이 있다. 지붕돌 사방에 나 있는 귀(추녀 가장자리)는 백제식도 신라식도 아닌 그 양단을 중화시킨 독특한 모양을 했고, 몸돌과 지붕돌이 한 개의 돌로 되어 있는 것은 여기 와서 처음 보았는데 무척 신기했다. 소양로 칠층 석탑은 7층짜리 석탑 자체를 잘 본적도 없지만, 그 투박한 아름다움에 떠날 줄을 모르고 그 자리를 서성거리기만 했으며, 그 뒤쪽으로 남아있는 한옥 마을은 서울 가회동 북촌 한옥 마을 보다 더 인상적이었다.

신북읍 천전(샘밭)리 소양강댐 가는 길에 주차장도 없이 쉽게 보이지도 않게 표시되어 있는 고인돌 무덤떼(지석묘군)는 춘천의 유구한 역사를 웅변하는 소중한 자료로써 1기도 아니고 여러 기가 모여 있으며, 모양과 크기가 제각각이어서 다채롭기도 하지만 사람의 손을 거친 돌이 3,000년을 넘어 우뚝 선 모습이 감동으로 다가온다. 주위를 넓게 꾸며서 지나가면서도 잘 보이게 하고, 그 따스한 봄볕에서 아이들이 뛰놀게 하면 얼마나 좋을까. 나아가 멋진 관광 자원이기도 한데, '관광은 돈벌이라고 하기 이전에 우리의 삶을 그대로 보여 주는 것이다' 라는 말이 새삼 생각난다.

둘러보면, 동면 지내리의 은행나무(수령 약 700년 추정)는 푯말도 없이 을씨년스럽게 서 있고, 신북면 지내2리 유 씨 제실(현대식 건물) 옆 벼락 맞은 은행나무(약 1,000년 이상 추정)는 아직 새싹이 돋고 있지만, 그냥 방치를 넘어 농사에 방해가 되었던지 그 굵은 가지를 잘라내어 나뒹굴게 하고 있다.

지난 가을, 대한 해협을 넘어서 대마도에 갔을 때, 벼락 맞은 나무지만 1,500년 되었다고 주요 관광 코스로 되어 있던 은행나무를 보았는데, 그 나무 둘레를 돌고 또 돌며 신기하게 쳐다보았던 기억이 씁쓸하게 떠오른다.

덧붙여, 레고랜드 건설이 이 도시에 타당할까. 중도의 선사 유적지를 보존하고 관광 자원화 해야 맞지 않을까. 관광을 온 사람들이 뗏목을 타고 또는 카누 타고 중도를 드나드는 모습이 이 봄내에 더 어울린다. 거대한 다리 상판은 도시의 미관을 해치고 마음까지 황량하게 만든다. 이미 돌이킬 수 없다면 최소한의 개발로 그쳐야 한다. 춘천은 강을 낀 도시 전체가 선사 시대의 전형적인 집터라고 보면 된다. 망치질을 하기엔 너무나 소중한 땅이다.

마지막으로, 대한민국의 품격을 선도하는 도시가 되어야 한다.

춘천은 혁신 도시, 기업 도시를 모두 포기한 도시이다. 뭔가 좀 다르게 살겠다는 의지의 표현이었으리라.

음식점은 수익을 도모함과 아울러 어떻게 좀 더 색다른 맛을 낼까 또는 들어오시는 분들이 어떻게 하면 더 행복해 할까를 생각해 보아야 할 것이다.

자전거 메카 도시라는 것도 적극 홍보해야 할 것이고, 이왕에 중도와 연결하는 다리를 건설한다면 자전거 길도 함께 만들어 자전거로 섬을 누빌 수 있게 해야 한다.

그래서 우리가 일본 큐슈 온천 지대에서 며칠 편안히 묵어 왔던, 또는 유럽을 여행했던 그런 인상을 받는 도시를 만들어 보면 어떨까. 실제로 산위에서 춘천호(팔각정 부근)를 내려다보면 오스트리아 할슈타트의 그 물빛, 그 햇살보다 느낌이 더 좋았다.

사람들이 힘들 때, 외로울 때, 또는 뭔가 생각해 볼 때 찾아오는 도시, 즉 대한민국의 문화선진 도시, 휴양 선진 도시가 되고, 그에 따라 멋이 있고 품위 있는 사람들이 모여 사는 도시가 되었으면 좋겠다.

(2016. 12. 30.)

※ 이 글은 2016. 12. 30.자 강원도민일보에 게재된 글임.

02
관내 산 탐방

관내 산 탐방(서울서부지방법원) - 이말산을 들어 보셨나요?

서울서부지방법원은 2013년 기획시리즈 관내 산을 탐방하기로 하고

제1회	2013. 5. 1.	남산 탐방을 시작으로
제2회	2013. 5. 23.	안산
제3회	2013. 7. 24.	백련산
제4회	2013. 7. 29.	봉산
제5회	2013. 8. 6.	앵봉산
제6회	2013. 8. 12.	이말산
제7회	2013. 8. 26.	북한산
제8회	2013. 9. 2.	장군바위봉
제9회	2013. 9. 9.	성산
제10회	2013. 9. 16.	연희산
제11회	2013. 9. 23.	매봉산
제12회	2013. 9. 25.	인왕산을 다녀왔습니다

위 산 중에서 들어보신 산이 몇 개나 되나요?

우리 법원 관할은 은평구, 마포구, 서대문구, 용산구로 서울 전체 면적의 약 15%를 차지하며, 그 관내는 봉산(고양시와 은평구 경

계), 북한산(은평구와 종로구 경계), 인왕산(서대문구와 종로구 경계), 남산(용산구와 중구 경계) 그리고 한강(마포구, 용산구와 강서의 경계)으로 크게 구획되고 있습니다.

위 12회에 걸친 탐방은 비록 산을 오르는 것만이 아니라 우리 관내를 두 발로 모두 걸어 가보는 인문지리 여행이기도 하였습니다.

그럼, 약 5개월간에 걸친 이번 탐방의 의미와 몇 가지 소회를 더 들어 봅니다.

1. 사람에 대한 애정

남산 탐방을 시작으로

제1회 산행인 남산은 용산구 후암(두텁바위)동부터 시작하여 해방촌을 둘러보고 남산을 오르는 길인데, 해방촌은 광복 후 이북에서 내려온 이주민의 집단 거주지 형성에서 그 이름이 유래하며, 1960년대 이후 '요꼬'라고 불리는 소규모 스웨터 가내 수공업이 이들이 살아가는 방식이었습니다.

이후 70년대를 거치면서 가내 수공업은 자취를 감추었고, 그 가파른 지형으로 인하여 개발에서 소외되어 1980년대 모습으로 현재에 이르고 있습니다. 그래서 당시 형성된 신흥시장은 한때(6~70년대) 사람에 떠밀려 다녔다고 하나 지금은 텅 빈, 마치 탄광촌을 연상시키는 토굴처럼 남아 있습니다.

남산 둘레길 쉼터(2013. 9. 23)

후암동에서 해방촌으로 올라가는 108계단은 일본 침략기 남산
신사神社를 가기 위해 대리석 계단을 설치한 것으로, 2004년 드라
마 '발리에서 생긴 일'을 촬영(주인공 소지섭)하기도 했습니다. 지금
은 그 모든 영욕의 세월을 고스란히 간직하고 그 대리석 계단은 우
리가 올라오는 모습을 물끄러미 내려다보고 있을 뿐입니다.

이 모든 것을 떠나서 후암동이 좋은 것은, 기00 전 총무과장님의
모교가 숭실중학교인데, 해방과 더불어 평양의 명문(안익태 선생과 도
산 안창호 등 무수한 인재를 양성한)인 숭실학교가 남하하여 가파른 남산
언저리인 이 후암동에 자리 잡았기 때문입니다. 이후 우리는 제4회

봉산 산행 때에 은평구 신사동에 자리 잡은 너무나 현대식이고 멋진 숭실중고등학교(70년대 이전하였음)를 다시금 보게 됩니다.

　이번 산행에서 산 아래 동네의 주민들과 눈인사라도 나누면서 각 산행지 입구의 작은 식당에서 식사를 하는 등 만나는 모든 사람들과 따뜻한 마음을 함께하고자 했습니다.

　2. 역사의 재인식

　제2회 산행지인 안산은 일명 무악산으로 불리며 대개 북아현동

성산 전망대(2013. 9. 9.)

버스 종점에서 시작하기도 하지만 서대문구 전체가 통로이며, 그 품에 봉원사가 있습니다.

봉원사가 있어 그 일대 지명이 봉원동이 되었고 일찍이 시인, 문사가 많이 거주하였으며, 1980년대 후반 고려대 교수 시절 도올 김용옥 선생도 거주한 적이 있었습니다.

한편 봉원사는 태고종의 총본산으로 8월경 연꽃이 온 마당 그득할 때가 제일 인상적인데, 태고종은 스님이 결혼함에 있어 자유롭다고 합니다. 그래서 그런지 어느 여름날 저녁, 한 젊은이가 기다렸다가 노스님을 승용차로 모셔가기에 누구냐고 물었더니 스님의 아들이라며, 그 스님 왈,

"자식이 최고의 제자라!"

은평구와 서대문구는 백련산(제3회 산행)을 사이에 두고 구획되며, 백련산은 산골고개(홍제역과 녹번역 사이)를 넘어 북한산 탕춘대 능선으로 이어지는 전형적인 동네 산으로, 서대문등기소 쪽으로 올랐다가 내려올 때면 으레 홍은동 소재 '유진상가'를 지나게 됩니다.

유진상가는 1970년대 초 건축물로, 철거하느니 마느니 하며 세월만 보내다가 최근 역사와 미술로 재해석되어 전시회가 열리는 등 그 가치를 인정받고 있으며, 내부순환고속도로가 건설되는 현장 등 현대화 과정을 지켜보며 홍은동 사람들과 고락을 같이하며 그 상징이 되고 있습니다.

제6회 탐방 이말산에는 조선시대 무덤 약 300기가 남아 있으며, 그 대부분은 내시와 궁녀들의 무덤으로, 후손이 없어 방치되고 있습니다.

대체적인 특징은 어린 동자석이 무덤가를 지키고 있는데, 그 표정이 앙증맞고 규모가 작아 길손의 눈길을 사로잡고 있습니다.

조선시대 궁중의 내시(환관)는 약 140명 정도로 종2품부터 종9품까지의 품계를 받고 근무하였는데, 북한산 구름정원길을 오르는 중에 발견한 내시부 상약尙藥 정3품 통정대부 신ㅐ공의 묘 비석은 늠름하기 이를 데 없었습니다.

당시 궁궐의 궁녀는 약 700명 정도 근무하였는데, 정5품 상궁부터 종9품까지 있었고, 그중 일부는 '무수리'라 불리며 품계를 받지 못한 어린 궁녀도 있었으며, 약 7세를 전후하여 입궁하였다고 합니다.

한번 입궁하면 죽어서만이 궁궐 하수구를 통하여 나올 수 있었던 궁녀! 그들이 남긴 흔적의 전부이면서 그 보고寶庫인 이말산 일대를 잘 보존하였으면 하는 마음뿐입니다.

제8회 장군바위봉은 백련산 맞은편으로 산골고개를 넘어 북한산 탕춘대 능선으로 이어지는 길목입니다.

내려오는 길에 만나는 '포방터시장'은 도심 속의 시골로 불리는 서대문구 홍은동의 재래시장으로 세검정으로부터 흘러내리는 홍제천을 따라 형성된 것으로, 홍제천은 병자호란 때 청나라에 끌려갔다가 돌아온 여인(환향녀→화냥년)들이 몸을 씻어 허물을 벗었던 아픈 역사의 현장이기도 합니다.

자신들의 잘못으로 여인들이 수난을 겪으며 끌려가게 만들어 놓고도 도리어 그들에게 손가락질하는 당시의 지도층인 사대부는 도대체 어떤 마음으로 살았을까요?

제9회 탐방 성산(일명 성미산)은 마포구 성산동에 위치하며 높이가 66m에 불과하나 제법 산의 위용을 갖추고 있으며, 인근에 위치한 망원동은 조선 효종 때 김자점이 역모를 일으키기 위해 엽전과 병기를 주조하는 것을 보호하기 위해 도성 쪽을 향해 망을 보던 장소에서 유래하였고, 성산을 스치고 흐르는 '모래내'는 세검정 맑은 냇물이 홍제천을 따라 내려오다 모래 밑으로 스며든다고 해서 붙여진 예쁜 이름입니다.

성산은 산이 도시화 과정에서 어떻게 침식당하여 없어져 버리는지와 또 어떻게 보존하며 복구해 나가는지를 동시에 보여주고 있습니다.

서대문구 연희동에 위치한 제10회 탐방 연희산(일명 궁동산)은 1950년 한국 전쟁 중 인천 상륙 작전 후 서울 수복을 위한 격전지로 유명하여, 지금도 해병대 104고지 전적비가 남아 있으며, 1960년대 이후 교육계 인사와 고급 군인들의 집단 거주지가 형성되어 고급 주택가가 되었고, 특히 장성 출신 전직 대통령 2명의 사저가 있어 마포구 동교동과 더불어 현대 정치사의 중요 현장이 되기도 합니다.

황혼 무렵 인왕산 정상(2013. 9. 23.)

3. 등산에 대한 재해석

조선 중종 때의 문장가 양사언은 이렇게 외칩니다.

태산이 높다하되 하늘아래 뫼이로다
오르고 또오르면 못오를리 없건만은
사람이 제아니오르고 뫼만높다 하더라

그래서 그런지는 몰라도 산만 보면 정상을 향하곤 합니다.
하지만 이번 탐방에서 때로는 과감하게 정상 등정을 생략하기도 하였습니다. 대표적인 예가 북한산으로, 우리 관내 대표봉인 향로봉이나 족두리봉을 오르지 않고 그 언저리 길을 선택하면서 좀 더 마을과 가까워지려고 하였습니다.

또 한 예로, 제11회 매봉산 탐방에서는 남산 언저리에 난 오솔길(흙길)을 따라 국립극장에 이르고, 이어 반얀트리호텔을 거쳐 버티고개 생태길(2012년 완공)을 넘어 매봉산으로 향하였는데,

이 길(서남 방면)로 가고서만이 애국가에 나오는 '남산 위에 저 소나무 철갑을 두른 듯' 하는 그 느낌을 온전히 받을 수 있습니다.

노송이 집단을 이루어 장관을 연출하며 길은 평탄하게 남산 자락으로 계속 흘러가고 있습니다. 대개 남산하면 계단이나 포장도로를 따라 정상에 오르게 되어, 그렇게 되면 벚꽃나무 등만 주로 보게 되어 소나무 이미지의 남산은 많이 퇴색하게 됩니다.

제12회 인왕산 탐방에서도 흔히 다니는 길은 생략하고 서대문구 홍제동과 종로구 무악동 언저리로 내려왔는데, 선바위와 돼지바위 사이에 있는 조그만 암자 벽면에서 그 무섭다는 인왕산 호랑이를 만났습니다(그림으로^^).

이 선바위는 스님이 참선하는 모습을 닮아 붙여진 이름으로, 인왕산 전체를 특징짓는 기념비적인 바위입니다.

조선 건국 초기 무학 대사와 정도전은 이 바위를 도성 안에 두느냐, 즉 도성을 축성하면서 이 바위 포함 여부를 두고 기(氣) 싸움을 벌였는데, 그 싸움에서 무학대사가 패하고 불교가 쇠퇴의 길을 걷게 되었다고 합니다.

인왕산에는 장군바위, 해골바위, 범바위 등 바위가 많고 기(氣)가

버티고개 생태다리(2013. 9. 23.)

강하여 무속 신앙이 여전히 많이 남아 있는데, 이 무속 신앙(샤머니즘)은 비록 천대를 받고 있기도 하지만, 한국인의 원형질에 가장 가깝다고 합니다.

큰 바위 앞에서 연신 기도하는 할머니를 보면서, 저 바위의 광물질과 내 몸속의 광물질이 서로 교통하는 순간 큰 이변이 나타나기도 할 것이라는 착각에 빠지기도 합니다. 그래서 원시사회 이래 당골(무당)은 큰 바위 앞에서 기도를 했으며, 즉 '기돗발'은 모두 '바윗발'이라고….

4. 예법禮法 논쟁

매봉산에서 내려오면 성동구 옥수동과 용산구 한남동으로 갈라지게 되며, 매봉산 남쪽 능선을 타고 끝까지 내려오면 구 단국대 자리인 '한남더힐아파트'로 이어집니다.

그 내려오는 중간쯤에서부터 전방의 휴전선처럼 군사 경계선이 삼엄하게 둘러쳐져 있고 총을 든 헌병의 모습이 보이기도 하는데, 그 끝 언저리를 돌아 나오면 '대법원장 한남동 공관' 입구가 나옵니다.

우리 일행은 마침 공관 입구를 지나가게 되어, '여기까지 와서 우리 관내에 계시는 대법원장님께 인사를 드리지 않고 그냥 지나가면 안 된다. 인사를 드리고 가야된다'는 측과 '아니다. 미리 기별도 없이 불시에 방문하는 것은 결례이다'로 의견이 나누어지게 되었습니다.

이때, 예법에 밝으며 산악회 회장이기도 하신 김 부장님은 찬성 입장이셨고, 법원장님은 끝까지 묵묵부답 그냥 걷기만 하셨습니다.

매봉산 남쪽으로 한남동 영역에 들어서면서 '한남'이라는 지명을 계속해서 보게 되며, 한남대로, 한남대교, 한남동공관, 한남초등학교(박 과장님 모교), 한남면옥 등 한남이라는 지명, 상호를 무수히 보게 됩니다.

여기서 의문이 드는데, 한강 북쪽에 있으니 '한북동'이 되어야지 왜 '한남漢南동'인지 궁금하기만 하여 알아보니, 일제 때 '한남

남산 반얀트리 호텔앞(2013. 9. 23.)

정漢南町'에서 시작됐고, 그 유래는 '한강' 과 '남산' 사이에 있는 마을이라고 해서, 각 그 앞 글자를 따서 '한남' 이 되었다고 합니다.

5. 행복에 대하여

법원장님은 평소 "행복은 소유에 있는 것이 아니라 존재에 있는 것이다."라고 말씀하시면서 이번 산행을 기획하여 실천에 옮기도록 무한한 신뢰를 보내주셨고,

박 수석부장님은 식당도 추천해 주시면서 "하체 튼튼, 만사형통"이라고 격려하셨으며,

염 부장님은 "이런 기회 흔하지 않아요." 하시면서 힘들 때 분위기를 띄워 주셨습니다.

그 모든 염원을 담아서 이 국장님은 그 특유의 남도 목소리로 '이게 행복이여~'

(2013. 9. 25.)

※ 이 글은 2014. 9월호(통권 696호) 법조지에 실린 글임.

남산 오솔길(2013. 9. 23.)

인왕산 중턱에서

인왕산 정상 안부에서

인왕산 기차바위에서

인왕산 정상에서 일몰을 보며

이국적인 풍경인가요? (인왕산, 2013. 9. 25.)

포즈가 좀 어째?^^ (2013. 9. 25. 인왕산 정상)

북한산 보현봉을 뒤로하고(2013. 9. 25. 인왕산 북벽)

12회 완등 기념 시상(문OO 종민 실장님)

국어문화학교 수료기

- 개화산은 방화를 넘어 한강에 이르고

방화동 가는 길

국어문화학교 입교入校 기념으로 전날(일요일) 밤늦게까지 술酒을 마신지라 천근만근인 몸으로 일어나 대충 준비하여 집을 나서니 아침 9시, 부지런히 걸어 2호선 봉천역에 도착해서 매일 출근하는 교대 방향이 아니라 반대인 신도림 방향으로 타려니 같은 역인데도 처음 온 것처럼 낯설기만 하다.

이 신도림 방면은 교대 방면보다 사람이 적어서 좋다. 평소 교대역으로 출근하면서 얼마나 사람에 치였던고! 곧 신림역을 지나자 열차가 지상으로 나오면서 도림천을 따라 양쪽으로 갓 피어나기 시작한 벚꽃이 눈길을 끈다.

아침에 보는 벚꽃 가로수는 이다지도 청초淸楚한 것일까. 대학 시절, 새벽녘까지 친구들과 어울려 지내다가 부스스한 눈으로 아침 태양 아래 사루비아 빨간 꽃잎에 이슬이 맺혀 달려 있는 것을 볼 때 인생이 얼마나 아름다웠던지, 그때가 생각난다.

때는 1980년 여름, 광주 민주화 사태가 일어나자 학교는 무장 군인이 점거하여 휴교가 되었고, 딱히 갈 데는 없어 배회하며 밤이면 모여서 늦게까지 술 마시다가 아침이면 그 싱그러운 햇살에, 살아 있다는 것이 눈물 나도록 고마웠다.

영등포구청역에서 5호선으로 갈아타고 끝까지 가면 방화가 나오는데, 조금 가다 보면 타는 사람은 별로 없고 계속 내리기만 하여 종착역이 가까워 오면 승객이 거의 없어 심지어 혼자일 때도 있다. 그러면 멍하니 있기도 무료하여 그때부터 목 운동, 다리 들어 올렸다 내리기 등 간단한 동작을 해 보기도 한다.

이윽고 방화에 도착, 열차에서 내려 계단을 오르면 커다란 맞이방이 나오는데, 출구가 양쪽 합쳐서 2개밖에 없다. 이 얼마나 간단한고! 이 넓은 '기다림 방(대합실)'에는 화장품 가게와 편의점 각 하나씩이 전부이다. 간결해서 현대 감각에 맞고, 찾기가 너무 쉬워서 감격한다. 밖으로 나오면 저만치 '국립국어원' 건물이 보인다. 가는 길에 네거리가 나오고 이어 보행신호가 들어와 건너는데, 둘러보니 네거리 횡단보도 4개 모두에 동시에 파란불이 들어왔다. 그것 참 훌륭한 신호 체계이다. 바쁜 사람은 횡단보도 2개도 한 신호에 건널 수 있으리라.

행복한 교육

바쁜 업무 중에 일주일간이나 시간을 내어 '국어 교육'을 가기

란 쉽지 않다. 교육 전 토요일과 일요일에 미리 당겨서 처리할 수 있는 것은 처리하고, 나머지는 동료 사법 보좌관님들에게 부탁을 하는 수밖에 없다. 사무국장님께 교육 신고를 갔더니 업무는 괜찮으냐고 업무 걱정만 하신다.

그렇게 어렵사리 교육을 와서는 첫날부터 지각이다. 등록 절차를 거쳐 강당에 들어서니 이미 원장님께서 말씀을 하고 계셨다. 비교적 늦은 시간인 10시에 입교식이 시작되었건만, 두리번거리면서 온 탓도 있고 늦게 나서기도 했다.

입교식에 이어 '국립국어원'의 호실 배치 등 간단한 소개가 있은 후, 제259기(2012. 4. 16.~ 4. 20.) 총 194명의 교육생이 강당 반과 1층 반 그리고 3층 반 등 3개의 반으로 나뉜다. 이제 5일간 총 35시간의 교육 과정이 시작되는 것이다.

그 첫 시간인 '분임 토의' 시간은 각 반별로(강당반 70명) 자기소개 시간이다. 전국 각지의 각 기관, 지방자치단체에서 오신 분들로 연령대도 다양하고 남녀 성비도 비슷한 듯 보인다. 즉, 공공기관에서 근무하는 남여 노소 각계각층의 사람이 다 모인 것이다. 다만, 대학교를 제외한 각 급 학교 교직원은 보이지 않았으며, 그들을 대상으로 방학 때 별도로 교사 반을 운영한다고 한다.

지방별로 사투리도 구수하고 들을수록 정감情感이 가는 시간으로 70명이 얘기해도 전혀 지루하지 않다. 누가 뭐래도 이 교육은 부담 없는 교육으로 직장에 들어와서 교육받으면서 처음 느껴보는 행복이다. 생각하기에 따라서는 35시간 전 과정이 교양 교육이라고 할 수 있으니까.

다음 시간은 '청렴 교육'(20분)으로, 평소 직장에서 성희롱 방지, 반부패 청렴 교육을 주기적으로 받아왔는데 여기까지 와서도 청렴 교육을 받아야하나 잠시 뜨악했지만, 교육은 비디오 시청 방식으로 의외로 신선했다.

　핀란드의 사례인데, 주민들은 세금이 공평하게 쓰인다고 믿고 있었고, 자신이 세금을 납부하는 것에 대해서도 거부감이 없어 보였다. 그리고 공공기관의 장은 대체로 여성들로서 섬세한 일처리가 눈에 띄었다.

　우리와는 많이 다른 모습이지만 선진 사회라는 인상을 지울 수가 없다. 그들은 어떤 배경으로 하여 여성이 공공기관의 장이 되는 사회가 된 것일까? 어쨌든, 미래는 모계 사회로 돌아갈 것이라는 게 인류학자들의 공통된 의견이라니까 우리도 눈여겨 봐야할 듯하다.

　곧 이어진 '진단 평가' 시간에는 총 25문항의 시험 문제가 나왔다. 이것은 교육받기 전에 우리말 실력을 측정해 보는 것으로, 우리말인데도 왜 이리 어려운지 머리가 지끈지끈 아프다. 삼십여 년 전 고등학교 국어 시간을 떠올려 보느라 주어진 30분이 빠듯하다.

　시험을 마치고 정답 표를 확인해보니 겨우 40점이다. 어떤 분이 중얼거린다. 자기 평생에 50점 이하의 점수는 처음 받아 보았노라고. 나중에 안 일이지만 평균이 34점이란다.

꽃피는 방화동

진단 평가를 마지막으로 오전 일정이 끝나고 이제 점심 시간이다. 구내식당은 건물 맨 위쪽 7층에 있는 관계로 사무실에 음식 냄새가 나지 않아 좋다. 식당이 지하층에 있는 경우 점심시간을 전후하여 청사에 음식 냄새가 올라오곤 하는데, 그렇지 않아 건물이 더욱 격조 높게 느껴진다.

200여 명이 한꺼번에 식당을 이용하다 보니 다소 혼잡하나 배식 구조가 잘되어 있어 그리 오래 기다리지 않아 식사를 할 수 있다. 밥, 국 그리고 4찬饌! 이것이야말로 이상적인 한 끼 식사가 아니겠는가! 오늘따라 우유까지 한 통씩 준다.

교육 신청을 할 때 미리 5일분 식사 대금으로 20,000원을 납부하였으므로 명찰만 패용하면 아무런 제한 없이 식사를 즐길 수 있다. 지루하지 않게 매일 다양한 식단을 꾸리고, 이용함에 불편하지 않도록 애써준 식당 근무 직원들에게 고마움을 느낀다.

식사가 끝나고 대전에 있는 특허법원에 근무하는 육○○ 씨, 창원지검에서 온 분과 함께 인근에 있는 방화근린공원으로 산책을 나갔다. 때는 4월 중순! 국어원 앞마당이 군데군데 꽃나무로 어우러지고 거리로 나서니 벚꽃이 한창이다. 사방을 둘러봐도 꽃나무 아닌 것이 없고 봄春 아닌 것이 없다. 봄 날씨요, 봄꽃이며 봄기운이다.

돌아오는 길에 국어원 옆 찻집에 들러서 커피랑 오미자차를 시켜 마시다가 그냥 들고 들어와서 국어원 앞마당 벤치에 앉으니, 교육은 교육이로되 마음은 봄나들이 온 것 같고, 그냥 가만히 있어도 저절로 행복한, 이게 봄날의 국어원 교육이다.

글쓰기 실습

오후 첫 시간은 '글쓰기 실습' 시간(50분)으로, 글쓰기 실습지를 제출하지 않으면 수료가 되지 않는다고 하였다. 지나친 듯한 협박이기는 하나, 글을 써 보게 하려는 고육지책으로 보인다. 작문 주제는 '가정, 사회, 직장에서의 바람직한 언어 생활이나, 우리말의 소중함 또는 국어 정책 전반에 대한 제안' 등으로 다소 자유로운 주제로 쓸 수 있다.

글쓰기 실습지는 200자 원고지 6매 분량의 커다란 용지가 주어지는데, 알아서 적당히 쓰면 된단다.

> "오전에 치른 '진단 평가'에서 40점을 받아 허탈했고, '짜장면'은 틀린 낱말이고 '자장면'이 맞는 표현이라고 하여 한때 큰 충격을 받은 적이 있었으며, 그러면 '짬뽕'은 왜 '잠봉'으로 하지 않는지 궁금하다"

대충 이런 내용으로 원고지 3~4매 가량의 글을 썼는데, 글을 썼다기 보다는 그냥 떼를 썼다고 보는 게 더 맞다. 그나마 바로 실습지에 써내려간 탓으로 문장이 앞뒤가 맞지 않고 글씨도 엉망이어서, 제출할 때 조금 민망하였다. 나오면서 보니 어떤 분들은 다른 종이에 작문을 해서 다시 실습지에 깨끗하게 옮겨 적고 있었다. 옳거니! 저 정도 성의는 필요한 거로구나!

나중에 안 것이지만, '짜장면'은 중국어 작장면炸醬麵에서 왔으므로 어원을 살려 '자장면'으로 쓰는 것이며, '炸'은 튀길 작이다. '짬뽕'은 유래된 말이 없어 어원을 살려 쓸 필요가 없는 경우에 해당하여 그냥 소리 나는 대로 '짬뽕'이란다. 그러다가 지난 해(2011년) 관행적으로 사용하는 것을 인정해서 '짜장면'도 맞는 표기로 바뀌었다 한다.

제출된 실습지는 맞춤법에 따라 수정되어 교육 마지막 날 '글쓰기 지도' 시간에 다시 돌려받았는데, 그 사이 생각이 많이 바뀌었음을 새삼 느꼈고, 맞춤법도 제법 눈에 들어왔다.

한글 맞춤법

한글 맞춤법 강의는 3시간으로 연달아 있다. 오후 시간이라 졸릴 법도 하지만, 선생님이 그 해맑은 모습으로 어찌나 편안하게 강의를 하는지 저절로 몰입이 되어 시간이 가는 줄도 모르고 쳐다보고 있었다. 말소리 전문가요 '국어 음운론'이 전공인 선생님은 발음에 따라 입 모양을 정확히 하여 '아, 저렇게 발음하는구나! 배우는 바가 많았다.

국어 어문 규정은 총 4편으로 이루어져 있는데, 1. 한글 맞춤법 2. 표준어 규정 3. 외래어 표기법 4. 국어의 로마자 표기법이 그것으로, 이번 교육은 크게 보아서 이 '어문 규정'과 '공문서 바로 쓰기'를 배우는 과정이다.

그 첫째인 한글 맞춤법은 1933년 조선어 학회에서 '한글 맞춤법 통일안'을 제정 공포하고, 그 후 달라진 어문 현실을 반영하여 지금의 '한글 맞춤법'이 1989. 1. 19. 문교부 고시로 공포되어 1989. 3. 1.부터 시행되어 오고 있다. 이 한글 맞춤법은 국어 교육의 핵심으로, 말을 글로 적을 때에는 일정한 사회적 약속이 필요한데, 이 약속을 '한글 맞춤법'이라고 한다. 즉,

'바블 마니 머거써요.'라고 발음 되지만 '밥을 많이 먹었어요.'라고 표기해야 읽는 사람이 내용을 빨리 파악하여 다른 사람과 의사소통이 원활히 된다. 그리하여 한글 맞춤법 제1항은

"한글 맞춤법은 표준어를 소리대로 적되, 어법에 맞도록 함을 원칙으로 한다."고 규정하고 있다.(표준어에 대해서는 '표준어 규정'에서 자세히 나옴) 여기에 두음법칙, 구개음화, 사이시옷, 된소리 표기 등 국어의 모든 법칙이 나온다.

교육 받은 내용 중에 두음법칙이 있는데, 첫머리에서 'ㄴ, ㄹ' 소리를 꺼리는 현상이다. 이는 '여자女子, 양심良心, 연세年歲'등 한자어에만 적용되고, '녀석' 같은 고유어나 외래어에는 적용되지 않는다. 그런데 북한에서 '로동신문勞動新聞'으로 쓰는 것은 그들이 한자어도 외래어로 보아서란다.

북한도 한글의 기본 체계는 우리와 동일하다. 그것은 주시경 선생님의 제자가 해방 이후 북한에서 한글 체계를 세웠기 때문이라고 하였다.

북한에서는 '도넛'을 '가락지빵'이라 하는데, 아무리 보아도 잘 지은 말이다. 우리도 외래어를 다듬어 쓸 때 이 정도 멋진 말쯤은 만들 수 있어야 하지 않을까.

아! 방화傍花

교육 이틀째인 화요일, 방화 가는 길은 마음이 설레기만 한다. 여태껏 김포공항을 지나서 더 멀리 가 본 적이 없었는데, 이번에 교육을 받으면서 처음으로 김포공항을 넘어 지하철 5호선 종점인 방화까지 가보는 것이다.

방화동은 서울이라는 느낌이 안 든다. 그저 인구 2만 내외의 조용한 중소 도시 같다. 한강 옆이기는 하지만 나지막한 언덕에 둘러싸여 한강 바람을 막아주고, 개화산 큰 줄기에 김포공항과 분리되어 공항 근처이지만 비행기 소음도 없다.

주위에 소공원은 얼마나 많은지 곳곳이 공원이다. 국립국어원 옆에도 소공원 겸 어린이 놀이터가 있어, 쉬는 시간에 나가서는 아이들 미끄럼 타는 것을 물끄러미 보고 있기도 하였다.

지하철 방화역도 소공원과 아파트 단지 사이에 있어, 이것이 지하철역인지 구별이 잘 안될 정도이다. 나올 때는 생각 없이 빠져 나오는데, 타러 들어갈 때는 그냥 지나치기 일쑤이다.

즉, 편도 2차선 좁다면 좁은 도로 양 옆으로 아파트 단지가 쭉 늘어서 있고, 그 사이 느닷없이 네거리도 아닌 곳에 지하철역이 있는 것이다. 지하철 방화역 표지판이 있지만 어린이 놀이터 표지판 같기만 하다.

후後의 일이지만, 교육을 마치고 사무실에 복귀하여 방화동 유래를 찾아보려고 했을 때, 같은 방에 근무하는 민OO 과장님이 "방화역 기다림방(대합실)에 유래가 적혀 있는데, 보지 못하였느냐"고 하였다.

그 날 일과를 마치자마자 다시 방화역에 가 보았다. 저녁 8시경 방화역! 사람들은 드물게 보였고, 널따란 공간을 두 번이나 왔다 갔다 하였지만 보이지 않고, 대신에 손님 없는 화장품 가게와 편의점만이 하릴없이 불을 밝히고 있었다. 다시 마음을 가다듬고 찬찬히 살펴 나갈 적에, 넓은 벽 한 편에 A4용지 크기의 작은 액자 속 빛바랜지 오래되어 누르스름한 용지에 방화동의 유래가 적혀 있었다.

'방화傍花는 개화산開花山 옆 동네이다.'

한자 傍은 곁(옆) '방' 이다. 역사驛舍를 빠져나오니 이면 도로 쪽으로 음식점이 쭉 늘어섰고, 포장마차도 보이며, 막걸리의 효능을 크게 써 붙인 집, 그리고 통닭집 등 즐비하였지만, 번잡하지 않았다.

고단한 직장인들이 하루 업무를 마치고 지하철에서 내려 시원한 맥주 한잔하고 들어갈 수 있도록 이 몇 채 늘어선 점포가 잘 운영되었으면 좋겠다. 다음에 나이 들면 방화에 살고 싶다.

띄어쓰기

첫 시간이 띄어쓰기 시간이다. 띄어쓰기도 한글 맞춤법에 규정되어 있는데, 그 대원칙은 '각 단어는 띄어 씀을 원칙으로 한다'이다. 이 원칙은 매우 명료해서 '단어'가 무엇인지 알기만 하면 띄어쓰기 문제는 모두 해결할 수 있듯이 보인다. 그러나 실제로 띄어쓰기 문제는 그렇게 간단한 게 아니다.

단어란 '자립적으로 쓸 수 있는 말'을 가리키지만 '밤낮' '국밥' 등과 같이 두 말이 합쳐져서 새로운 단어가 만들어지는 경우도 있어 주의가 요망된다. 또 '노루의 신체 기관'을 의미하는 '노루 귀'는 띄어 쓰지만, 풀이름 '노루귀(미나리아재빗과)'는 붙여 쓴다.

자립적으로 쓸 수 없는 의존적인 말, 즉 '단어'가 아닌 것에는 조사, 접두사, 접미사 그리고 어미가 있어 이것만 붙여 쓰면 되는데, 하지만 그리 쉬운 것이 아니다. 같은 글자라도 쓰임에 따라 조사인 경우가 있고 그렇지 않은 경우가 있기 때문이다.

'당신같이 친절한 사람은 없을 거야'의 '같이'는 조사이므로 앞말에 붙여 쓴다. 이때의 '같이'는 '처럼'으로 바꾸어 쓸 수 있다. 그러나 '당신 같은 사람은 없을 거야'의 '같은' 조사가 아니므로 띄어 쓰며 '처럼'으로 바꾸어 쓸 수도 없다. 또한 '친구와 같이 오세요'의 경우 '같이'는 '함께'의 의미를 나타내는 부사이므로 당연히 띄어 쓴다.

시작 단계인데도 벌써 슬슬 머리가 아파온다. 곧 이어 그 수많은 '의존 명사'가 나오고 원칙적으로 띄어 쓰는데, 조사 또는 어미로 쓰일 때에는 붙여 쓴단다.

것(거), 뿐, 만, 데, 바, 지, 나름, 뻔, 적, 줄, 대로, 만큼, 채, 체 등 등 하나하나 마다 용법에 따라 띄어쓰기 여부에 대한 설명이 이어지면, 머리 아픈 걸 넘어 이제 뱅글뱅글 돌기 시작한다. 하지만 뱅글뱅글 돌면 어떠랴. 앞에 선 선생님은 여전히 생글생글 웃으며 뒤로 묶은 머리를 좌우로 흔들며 신나게 강의하는 모습이 '달님 나라 방아 찧는 토끼' 인 양 예쁘기만 하다.

훈민정음이 창제된 15세기에는 띄어쓰기가 없었단다. 차츰 필요에 따라 생겨난 것으로, 띄어쓰기는 글을 쓰는 사람을 위하여 만들어진 것이 아니고 글을 읽는 사람을 위한 것이라고 하였다.

즉, 의미 전달의 편의를 위한 것인데, 한글 맞춤법 규정에도 다 나오는 것이 아니고 그 상세는 국어사전을 봐야 한단다. 선생님도 헷갈리거나 모르는 것이 있어 사전을 찾아본단다.

좀 심하다는 생각이 든다. 의미 전달을 넘어서서 규정을 지키기 위한 띄어쓰기는 글을 읽는 사람을 위한 것도 아닐 것이다. 이 띄어쓰기 분야에서 간소화를 위한 혁신적인 연구를 기대해 본다. 많은 사람이 쉽게 익힐 수 있는 한글이 우리의 자랑 아니겠는가.

선생님은 책을 보거나 글을 보면 두 번씩 본단다. 한번은 연필로 맞춤법이나 띄어쓰기 수정을 하고, 그 다음에 이제 내용을 보게 된단다. 도서관에서 연필로 띄어쓰기 표시가 되어 있는 책을 보는 경우가 있는데, 그것은 선생님과 같이 국어를 연구하는 분들이 체크한 것으로 보면 된다고 하였다.

선생님은 이제 친구들과 메일 주고받는 것도 차츰 없어져 가는데, 그 이유는 메일을 받으면 반드시 수정을 해서 알려 주기에 친구들이 어려워하기 때문이란다. 다만, 줄기차게 잘 보내는 분이 한 분 있는데, 그 분은 바로 남편으로, 수정해서 보내도 아예 무시한단다.

표준어 규정

1989. 3. 1. 시행 현행 '표준어 규정'은 제1항에서 '표준어는 교양 있는 사람들이 두루 쓰는 현대 서울말로 정함을 원칙으로 한다'라고 하고 있다. 이는, 1933년 조선어학회가 발표한 '표준말은 대체로 현재 중류 사회에서 쓰는 서울말로 한다'가 바뀐 것이다. '중류 사회'가 그 기준이 모호하다고 하지만 '교양 있는 사람들'도 모호하긴 마찬가지 아닐까.

표준어 규정은 26항에 걸쳐서 무엇이 표준어이고 무엇이 아닌지를 명확히 예시하여 나타내고 있다. 그러나 여기에 나타나지 않는 것이 많아 1990. 9. 14. 문화부는 '표준어 모음'이라 하여 약 1,400여 개를 추가로 공표하였다.

참고로, 1989년까지는 어문 규정 등 국어 관련 정책을 문교부에서 담당하였으나, 1990년부터는 문화부(현재의 문화체육관광부)에서 담당하고 있다.

언어는 시대의 흐름을 반영하고 있어, 부단히 새로운 말이 생겨나고 시대에 맞지 않는 말은 사멸한다. 이런 흐름에 따라 지난해 (2011년) 국립국어원에서 총 39개 항목의 표준어를 추가로 발표한 바 있는데, 거기에는 '짜장면' '먹거리' '손주(손자와 손녀를 아울러 이르는 말)' 등이 포함되어 있다.

표준어 규정을 가르치는 선생님은 긴 머리에 앳된 얼굴을 하고서는 청바지를 입고 또박또박 강단을 거닐었다.

'표준어 규정의 이해'라는 제목의 총 40문항으로 된 한 장짜리 인쇄물을 나누어 주고서는, 그에 따라 한 문항 한 문항 설명하면서 무엇이 표준어인지를 강의하는 것이다. 그 모습이 너무 예뻐서 마냥 쳐다보고만 있는데, 교육생들이 지루할까 싶어 여담餘談이라고 한마디 한다는 것이

> "저는 할 일이 없거나 심심할 때 한글 맞춤법, 표준어 규정을 봐요. 보면 너무 재미있던데, 그렇지 않나요?"

양쪽 볼에 보조개가 쏙 들어간 얼굴로 그 말을 할 때 그 고혹적인 모습이란….

그 40문항 중에 '이 자리를 (①빌어 ②빌려) 감사의 뜻을 전합니다.'가 있는데, 무엇이 정답일까?

'빌다'는 '빌어 오다借'의 의미로, '빌리다'는 '빌려주다貸'의 의미로 각 구분하여 쓰던 것을 1989년 '빌리다'로 통합한 것이란다. 따라서 답은 '②빌려'만 가능한 것이 되었다.

각시탈

점심 시간이다. 누구는 마음에 점만 찍는다는 심정으로 간단하게 먹는 게 '점심'이라지만, 나같이 아침을 안 먹는 사람에게는 점심이 주식主食이다. 저녁은 또 언제 먹을지 기약이 없다. 국어원에서 제공하는 밥, 국 그리고 4찬은 충분한 식단이며, 한 끼를 먹어도 행복하다.

식사를 마치고 방화동 거리를 나서면 공기부터 다르다. 차도 사람도 빠른 법이 없다. 그도 그럴 것이 버스는 종점이고 차는 막다른 골목이다. 산 아래 첫 골목에 우체국도 있고 소방서도 있으며 파출소도 있다.

소방서와 파출소는 그래도 이해가 가는데, 우체국은 어쩌자고 산비탈 골목 끝에 위치해 있는가! 적어도 저 아래 아파트 단지에라도 있어야 하지 않을까. 다만, 산책 나왔다가 벚꽃나무 아래 벤치에서 그리운 님에게 편지 써서 바로 부치기에는 안성맞춤이다.

이 때 방화는 꽃 천지이다. 살구꽃, 복사꽃, 개나리, 진달래, 벚꽃 등등 꽃이란 꽃은 모두 핀 것 같다. 어른들은 나무 그늘이 지는 잔디밭에 돗자리 깔고 앉아 있고, 애들은 그저 뛰어다닌다. 동네 사람들이 다 나온 것 같다. 특히 젊은 엄마들과 어린 아이들이 많다. 방화에는 젊은 부부가 많이 살고 있나 보다.

현존하는 안동 하회탈 9개 중 '각시탈'이 있다. '각시'는 새색시를 이르는 말로, 실눈을 뜨고 광대뼈가 좀 두드러지며 조심하는 듯 대체로 무표정한 얼굴이다. 한데, 지나가는 여인 중 각시탈을 빼다

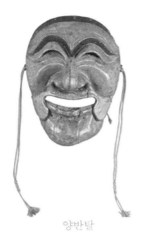

양반탈

각시탈

박은 사람이 있었다. 찢어진 듯 가는 눈에 약간 검은 듯한 피부를 하고 전반적으로 얼굴이 각이 지고 무덤덤한 표정까지 어찌 그렇게나 똑같은지 깜짝 놀랐다.

10여 년 전 대구법원 소속 청송등기소 근무 시절, 낙동정맥을 오르내리다가 주왕산국립공원 뒤편인 영덕군 달산면 어느 오지 마을에서 ‘양반탈’을 덮어쓴 듯이 똑같은 할아버지를 본 적이 있었는데, 그때 놀랍고도 기뻐 쳐다보고 또 쳐다본 적이 있다.

그때는 아예 그 할아버지 댁까지 따라 들어갔다. 들어갔더니 며느리 되는 분이 손님 대접한다고 옥수수를 내어 왔다. 그 할아버지는 이마에 보기 좋은 주름이 여러 줄 겹쳐지고 붉은 혈색에 웃고 계셨다. 아니 웃음을 웃기보다 그냥 얼굴 자체가 웃는 표정이었다. 마치 전화戰禍도 겪지 않고 늙은 사람처럼.

하지만, 이번에는 아쉽지만 젊은 여자를 길 가다가 따라가면서

까지 쳐다볼 수는 없는 노릇이다.

평소에 걷는 것을 워낙 좋아해서 전국 각지의 공원이며, 산책길이나 사찰, 마을길 등을 걸어보곤 하는데, 그중 가장 황홀한 것은 해는 저물어 가는데 길은 끝이 없고, 이대로 계속가면 마을이 나올까 아니면 버스 타는 도로가 나올까 막막할 때이다. 이때는 엔돌핀이 막 뿜어져 나온다.

낯선 곳에 있다는 이 가슴 설레는 두려움, 새로운 그 무엇이 나오지 않을까 하는 기대감, 이대로 어둠에 갇혀 버릴 수도 있다는 공포감, 이 모든 감정이 뒤엉켜 일어난다. 반대로, 가장 싫은 길은 막다른 골목이나 외딴 곳 등에서 개들이 짖어 대거나, 개떼가 덤벼들 때이다.

외래어 표기법

식사와 산책을 겸한 1시간 10분에 걸친 길다면 긴 점심시간을 끝내고, '외래어 표기법' 시간이다. '외래어 표기법' 을 가르치는 선생님은 관록貫祿이 있어서인지 여담부터 하셨다.

'만년 젓가락' 은 손가락이며, '만년 샤쓰(셔츠)' 는 피부이고, 아줌마, 남편, 엄마의 각 가장 큰 착각은 '아줌마: 화장만 하면 예쁘다는 생각, 남편: 아내가 집에서 논다는 생각, 엄마: 자기 아들이 천재라는 생각' 이란다.

탈북자 단체에서 선생님을 초빙해서 강연을 부탁하는데, 한글 맞춤법 또는 표준어를 배우려는 것이 아니란다. 그들이 문밖에 나가면 '웨딩플라자, 워터파크, 테마파크, 타운하우스, 오픈하우스, 오픈마켓, 아토피클리닉, 테크노벨리, 바이오메디컬허브, 플래그십스토어' 등등 알 수 없는 간판이 도처에 걸렸는데, 어디서 무엇을 하는지, 또는 어디에서 무엇을 사야할 지 도무지 알 수가 없단다. 그래서 그것이 무슨 뜻인지 가르쳐 달란다.

탈북자들의 언어 생활은 물론이고 여러 가지 어려움을 보는 것 같아 안타까울 뿐이다. 그들의 눈에 비친 지금의 대한민국은 도대체 어떤 나라일까.

최근(2012. 5. 17.) 모 일간지와 교류차 서울에 온 중국 연변일보 정영철 부장은 5년 만에 한국을 방문하여 한 달 간 생활하면서 외래어 때문에 크게 불편했다며, "우리말에 그 단어가 있음에도 불구하고 외래어를 사용하는 경우가 너무 많아 종종 무슨 말인지 못 알아들었다. 출판물도 그렇고, 바깥에 어떤 내용을 고시할 때도 그랬다. 외래어 사용이 심하여 나중에 우리말이 없어지지 않을까 걱정되기도 했다."라고 하고 있다.

'외래어 표기법'은 외래어를 한글로 적는 방식을 정해 놓은 규칙이다. 즉, 외래어 표기의 목적은 국어 생활 속에 사용되는 외래어들을 통일된 방식으로 적기 위한 것으로, 외국어 발음을 정확하게 나타내기 위한 것과는 별개의 문제라고 한다.

그것은 마치 우리말을 적을 때에 '한글 맞춤법'에 따라 표기하지만, 발음과는 별도의 문제인 것과 같다. 예를 들어 '밥을'이라 적지만 발음할 때는 '바블'이 되듯이, 외국어를 말할 때에도 '외래어 표기법' 대로 발음하라는 것은 아니라고 한다.

'외래어 표기법'은 기본 원칙과 영어를 비롯한 총 21개 언어별 표기 세칙을 자세히 규정하고 있는데, 원칙 중 대표적인 것으로 자음에는 된소리인 'ㅃ, ㄸ, ㄲ'을 사용하지 않고 거센소리(ㅍ, ㅌ, ㅋ)로 통일하여 적고, 모음에는 장모음을 쓰지 않는다. 즉, '빠리'가 아니고 '파리'이며, '오오사카'라고 하지 않고 '오사카'로 적는다.

한글 맞춤법 연습

이미 배운 '한글 맞춤법'을 복습하는 이른바 심화 학습 시간이다. 어문 규정에는 '한글 맞춤법, 표준어 규정, 외래어 표기법 그리고 국어의 로마자 표기법'이 있지만 여기에 모든 것을 규정할 수는 없고, 따라서 국어사전이 어문 규정의 해설서 역할을 한다고 하였다.

국립국어원은 2000년에 이곳 방화동으로 이전해 왔는데, 이미 있던 지하철 5호선과 그 후 지하철 9호선(강남 - 김포공항 노선)이 개통되고, 곧이어 서울역에서 김포공항을 거쳐 인천공항까지 공항철도가 건설됨에 따라 강남까지 30분, 서울역까지 20분으로, 방화가 교통 요지가 되었다고 한다.

2000년 국어의 로마자 표기법이 개정되어 'Kimpo'가 'Gimpo'로 바뀌고, 공항 건물에 써 붙인 저 큰 글자, 'Kimpo Airport'는 언제쯤 바뀌려나, 예산 문제도 있겠고 세월없겠지 하고 생각하며 있었는데, 며칠 후 공항에 가보니 바로 'Gimpo'로 바뀌어 있더란다. 그 때 선생님이 받은 감동은 이루 말할 수 없는 것이어서 눈물이 핑 돌았다고 회고하였다.

몇 가지 유형에 따라 맞춤법 연습을 해 보았는데, '알맞다'와 '맞다'는 품사가 달라서 활용하는 모습이 다르다. '알맞다'는 형용사로 명사 앞에서는 '알맞은'이 되어야하고, '맞다'는 동사로 현재 시제 관형형 어미가 결합하면 '맞는'이 된단다.

그리하여 '(알맞는, 알맞은) 답을 고르시오' 또는 '(맞은, 맞는) 답을 고르시오'에서 각 뒤의 것이 정답이다. 그저 알 듯 모를 듯하다.

윤중로 벚꽃

이제 이틀째 수업을 마치고 대전에서 온 육00 씨와 여의도에 있는 윤중로 벚꽃 구경에 나섰다. 윤중로의 벚꽃나무는 여의도를 조성할 때 심은 것인지 수령이 약 40년 전후로 보였고, 고목은 아니지만 벚꽃이 만발하여 흡사 은빛 세계에 온 듯하다. 말만 들었지 여의도 벚꽃 구경은 처음으로, 가까운 곳에 이렇게 좋은 곳이 있다니…

윤중로를 따라 걷다보니 샛강 너머 신길역 쪽으로 보행步行 다리가 놓여 있다. 말이 보행 다리이지 그 규모가 엄청나다. 다리 위에서 보니 샛강을 따라 생태 공원이 펼쳐지는데 갈대와 어우러져 잘 가꾸어져 있다. 가을에 보아도 멋지리라. 영등포 쪽에 사는 사람들은 이 다리를 통하여 벚꽃 구경도 하고, 여의도 한강공원 등지로 걸어서 나들이하기도 할 것이다.

어둠이 내릴 무렵, 신길역 근처에서 저녁을 먹으면서 반주도 한잔하였다. 이번 교육은 대법원 산하傘下에는 육00 씨와 나, 둘 뿐이다. 그는 올해 하반기에 대전 법원 관내 지원(홍성, 논산, 서산 등) 근무가 예정되어 있는데, 교육 온 동기 중의 하나가 부인婦人과 떨어져 지내기 연습이란다. 식당을 나와서 그는 전에 살았던 노량진에 가본다며 어둠 속으로 사라져 간다.

공문서 바로 쓰기

교육은 중반에 접어들면서 더욱 흥미진진해진다. 선생님은 '시비를 걸려고 작정하고 관공서에 찾아오거나 자기 주장만하고 막무가내인 골치 아픈 민원인'을 '고질 민원인'이라고 불렀는데, 그 민원인이 항의를 하는 바람에 '관찰 보호 대상 민원인'으로 정정하여 불렀고, 이 바꾼 이름에 대해서도 불쾌감을 나타내어 '관심 민원인'으로 바꾸었단다. 하지만 아무리 생각해봐도 '고질 민원인'이 알맞은 용어라고 하였다.

고질痼疾! 고질은 오랫동안 앓고 있어 고치기 어려운 병病이나, 오래되어 바로잡기 어려운 나쁜 버릇을 말한다. 민주화 사회에 따른 폐단弊端의 대명사인 관공서의 '고질 민원인'은 이제야 그 행동

값에 걸맞은 이름을 얻었나 보다.

'공문서 바로 쓰기'를 배우면서 잘못된 문장을 써온 것을 돌아보게 된다. 부자연스러운 표현은 물론 중의적인 표현도 곧장 쓴다.

'피로 회복'은 '피로한 상태로 돌아가는 것'이므로 '원기 회복'으로 써야 하며, '가장 중요한 것 중의 하나'는 '가장'을 빼야 한다. '수입해서 들여오다'와 '소급하여 올라가다'는 각 '수입하다'와 '소급하다'로 정정해야 하고, '미리 예측하다', '반드시 필요하다', '새로 신설하다'는 각 앞 낱말을 삭제해야 한다.

'쓰레기 분리수거'는 '쓰레기 분류 배출'로, '원서 접수처'는 '원서 제출처'로 각 바꾸어 써야 한다.

기타 숫자와 관련, '4-1'은 '4 다시 1'로 읽으면 안 되고 '4에 1' 또는 '4의 1'로 읽어야 하며, 휴대 전화 '010'은 '공일공'이 아니라 '영일영'으로 읽는다. '휴대폰, 핸드폰'은 '휴대 전화'이며, '이메일'은 '전자 우편'이다.

우리말 다듬기

국어원에서 강의하는 선생님들은 우리말 사용에 대한 사명감이 대단하다. 강의 중에 차고 있던 시계가 풀어지고 연단에서 넘어질 듯 열정적으로 강의하신다. 그 열정이 있기에 우리가 이 정도나마 품위 있게 살아갈 수 있는 것이고, 그에 대한 고마운 마음이 들 뿐이다.

선생님은 우리말의 앞날을 암울하게 보고 있다. 세계의 언어는 약 6,000여 개 있는데, 그중 우리말도 '사라질 위기로부터 안전하지 못한 언어'로 분류되고 있단다.

그러나 일본어는 지구상에서 마지막까지 살아남을 언어로 분류되는데, 이유는 일본이 전 세계에서 사전을 가장 잘 만드는 나라로, 외래어가 들어오면 바로 일본어로 다듬어서 사용한단다. 이것은 일본이 기초 학문이 탄탄하고 문화 저변이 넓다는 것으로 매우 부러운 일이다.

선생님은 '미용실'보다는 '헤어숍'이 더 고급이며, '포도주'보다는 '와인'이 더 세련된 말인지 묻는다. '동사무소'보다는 '주민센터'가 일을 더 잘하는 곳이며, '소방서'보다는 '119 안전 센터'가 더 빨리 출동하는 것인지, '한국 철도 공사'보다 '코레일'이 더 안전하고 빠른 것인지도….

'워크숍'은 '연수회'보다 더 열심히 토론하는 것이며, '로드맵'은 '계획'보다 더 멋진 청사진을 그려내는 것인가.

식품을 검사하거나 범인을 잡는 업무이면 '전담반'이고, 새로운 정책을 수립하는 업무이면 '기획팀'이며, 국가 간 무역 장벽을 철폐하는 협정을 맺는 중요한 업무를 담당하면 '태스크 포스(T·F)'인가?

지방 자치 단체에서 선전하는 '어메니티 서천' '하이터치 공주' 등은 도대체 무엇을 하자는 것이며, 정녕 이 구호가 이 도시에 어울리는 것이며, 이렇게 쓰는 것이 주민들을 위한 것인가?

국어는 촌스럽다거나 영어가 더 세련된 말이라고 생각하는 언어

사대주의는 어디에서 오는 것일까?

우리 고유의 낱말은 2류, 3류로 떨어지고, 학문이나 전문 분야의 중요한 말은 모두 영어나 외래어가 차지하고 있다. 학문할 수 없는 언어, 생산성을 잃은 언어는 살아남을 수 없다고 한다. 지난 10년 동안 새롭게 익힌 우리말은 무엇이 있는가?

언어 사대주의

요즈음 일각에서 '영어'를 우리말과 함께 공용어로 하자는 주장이 있다는데, 만약 그렇게 되면 말이 공용어이지 한글이 외면 받게 되고 경제 활동에서 소외된 나이 많은 분들이나 쓰게 될 것이다. 즉, 공용어가 되는 순간 한글은 사라져 가는 언어가 되는 것이며, 공용어는 말뜻대로 단순히 '같이 쓰는 언어'의 의미가 아니고 멸종되는 과정일 뿐이다.

그것은 역사적으로 청나라를 건설한 만주족의 만주어가 그랬고, 지금도 아시아 등지에서 영어를 공용어로 사용하는 나라의 공통된 운명인지도 모른다.

'어릴 때 영어를 잘한다'는 것은 이민을 가서 그 사회에서 생활할 때만이 의미가 있는 것이고, 아이가 5, 6세가 되어 한창 왕성하게 지적 수준이 높아갈 때 '마더' '파더' 등 젖먹이 어린애 수준의 영어나 배우고 있으면, 그 아이의 언어 능력에도 문제가 생긴단다.

영어 조기 교육과 관련하여 이나미 신경정신과 전문의는 "조기 교육은 백해무익해요. 모국어가 공고화된 뒤 제2외국어를 해야 뇌 발달에 좋아요. 영어나 프랑스어처럼 비슷한 계열의 언어는 방언을 배우는 것 같아 뇌가 헷갈리지 않는데, 체계가 전혀 다른 영어와 한국어를 같이 배우면 인지 발달에 지장이 있어요.

일찍부터 영어 배운 아이들 지능이 썩 좋지 않아요. 물론 상위 1%야 뭘 해도 잘하죠. 그런데 지금의 조기 영재 교육은 상위 1%가 잘됐다고 해서 나머지 99%를 거기에 끼워 맞추는 거예요."라고 갈파喝破하고 있다.

물론 어릴 때 영어를 배우면 발음은 좋단다. 그러나 미국 여행 때 햄버거 가게에서 혀를 굴리지 않고 그냥 '햄버거' 하면 못 알아듣는다는데, 그러면 못 알아듣는 그 종업원이 문제란다. 한국에서 국내선 비행기를 탄 미국인이 '물水' 발음을 잘못해서 '몰 주세요' 하더라도 승무원은 알아듣고 물을 주어야 하는 것이다.

반기문 유엔 사무총장은 그 억센(?) 발음으로도 지구촌 곳곳을 누비며 영어로 말씀하셔도 그 누가 불편해 한다고 말하는 것을 들어본 적이 없다. 물론 우리가 듣기에는 귀에 쏙쏙 들어오는 무척 편안한 발음이다.

한편, 문정인 연세대 교수는 한 일간지(2012. 6. 4.자)에 '영어 강의 확대, 그 불편한 진실'이란 제목으로 다음의 주장을 하였다.

"이공계 분야 또는 경제학, 경영학처럼 계량적인 방법을 주로 쓰는 분야의 영어 강의는 가능한 것이지만, 인문 과학이나 사회 과학 전반에 걸친 영어 강의 의무화는 오히려 기대보다 그 폐해가 더 클 수도 있다.

미국에서 박사 학위를 받고 현지 대학에서 10년 이상 교편을 잡았어도 우리말이 아닌 영어로 강의할 때는 지식의 70~80% 정도밖에 전달하지 못한다. 더구나 학생들은 아무리 영어공부를 열심히 해도 강의 내용을 50% 이상 소화하기 어렵다. 따라서 영어 강의는 교수와 학생들을 무지無知의 공모자로 만든다.

이런 상황에서 과연 명확한 지식의 전수와 진지한 토론이 가능할까. 하물며 한국의 역사와 정치·문화·사회·문학을 영어로 사유하고 토론한다는 것은 어불성설이다.

영어 지상주의에 빠져 모국어를 간과해서는 안 된다. 인문 사회과학에서조차 천편일률적으로 진행되는 영어 강의 의무화, 특히 이를 대학 평가의 주요 기준으로 삼는 것은 부당하며 개선책을 마련하길 바란다.”

최근에 카이스트 학생 자살 사건이 잇달아 사회 문제가 된 바, 그중 ‘로봇을 가장 잘 만드는 학생’도 입학하여 공부하였는데, 영어로 수업을 하다 보니 그 스트레스 때문인지 그도 자살하였다고 한다.

로봇을 잘 만드는 사람은 로봇만 잘 만들면 되지 영어가 왜 필요한가? 필요하더라도 필요한 만큼만 배워서 쓰면 될 것이다. 카이스트의 획일적인 수업은 뭔가 불안해 보인다. 카이스트가 영어 강습소는 아닐진대.

꽃을 든 부처님

서둘러 점심을 먹고 방화근린공원을 지나 개화산을 따라 이어진 '강서 둘레길' 산책에 나섰다. 오르막길을 얼마쯤 오르면 개화산 중턱에 자리 잡은 고려시대에 창건된 사찰로 알려진 '약사사藥師寺'가 나온다.

약사사 마당에서 보면 한강이 훤히 내려다보이는데, 마치 한강이 약사사를 감싸고 흐르는 것 같다. 건물은 모두 최근에 지어진 것이고, 오직 마당에 있는 '3층 석탑'과 대웅전에 모셔져 있는 '석불 입상'만이 고려 말의 작품이라고 한다.

마당에 있는 3층 석탑은 기단부부터 각층마다 몸돌 각 모서리에 나무 기둥隅柱 모습이 뚜렷한데, 이것은 석탑이 목탑에서 유래한 흔적이다. 전반적으로 그리 빼어난 모습은 아니지만 어딘지 모르게 정감情感이 간다. 규모가 크지 않고 아담해서일까? 탑 주위를 몇 바퀴 돌며 쳐다봤건만 여전히 떠나지 못하고 서성거리기만 한다.

대웅전 내부 정면에 석불 입상이 있고 그 바로 앞에 석가모니불이 또 모셔져 있어 두 분 부처가 중첩적으로 서거나 앉거나 하고 있다. 한 분은 돌이요 또 한 분은 휘황찬란한 금빛의 금동불이다. 이것은 또 무슨 조화인고!

석불 입상은 갓 모양의 지붕돌을 쓰고 있으며, 손에는 꽃가지를 들고 있어 드물게 보는 모습이다. 보는 분에 따라 '관음보살' 또는 '약사불'이라 하기도 하고 '미륵불'이라 불리기도 한다.

절에 가면 여러 전각을 만나게 되는데, 대웅전은 석가모니불을 모신 곳이고, 극락전은 아미타불을 모신 곳으로 무량수전, 미타전이라고도 한다. 대적광전은 비로자나불을 모신 곳으로 비로전이라고도 하며, 미륵전은 미래에 모든 중생을 구제하는 부처인 미륵불을 모신 법당으로 용화전이라고도 한다. 원통전은 중생의 원을 낱낱이 들어준다는 관세음보살을 모신 곳으로 관음전이라고도 하고, 약사전은 약사불을 모시는 법당으로 유리광전이라고도 한다.

이같이 각 정해진 전각에 부처님을 모셔야 하는데 간혹 잘못 모셔진 경우도 보게 된다. 조선 개국 이래 승려는 도성 출입이 금지되고, 후기로 내려오면서 유교 근본주의가 더욱 강화되어 성리학이 사회적 윤리관으로 정착되면서 승려는 점점 더 천인 신분이 되어, 양반들이 금강산 등 유명한 산들을 유람할 때 그들을 업고서 산에 오르는, 오늘날 네팔의 '셰르파'보다 훨씬 못한 처우를 받았다. 이렇게 되다보니 제대로 불경 공부가 될 리가 없고, 전각 명칭도 잘못되는 상황까지 간 것이다.

이렇던 불교가 일제 강점기와 현대 사회를 거치면서, '돈오점수頓悟漸修'를 주창한 고려 후기 보조국사 지눌 이후 여러 선지식을 거쳐 성철스님이 '돈오돈수頓悟頓修'라고 일갈一喝하기까지 사상적으로 큰 발전을 보았지만, 최근에 발생한 조계종 내부 분란(승려 도박 사건)을 보면서 한반도에 전래되어 1700년이나 된 불교는 도대체 우리에게 무엇인가?

훈민정음에 대한 이해

오전에 '공문서 바로 쓰기'를 강의하셨던 선생님께서 오전 강의를 조금 더 이어간 후에 '훈민정음'에 대해 말씀하셨다. 어찌나 말씀을 잘하시는지 2시간이 어떻게 흘러간지 눈 깜짝할 사이 지나가 버렸다.

한글이 사용 인구로 세계 12위이며 언어 영향력은 9위라고 하였다. 유네스코 문맹퇴치상을 '세종대왕 문맹퇴치상'으로 이름하여 포상하고 있으며, 세계 80여 곳에서 '세종학당'을 운영 중이며, 세계 곳곳에 한글을 전파하고 있는데, 특히 인도네시아 부론섬 바우바우시 찌아찌아어 표기의 공식 문자로 한글을 도입하였다고 한다.

한글은 규격화가 용이하여 정보화 사회에 걸맞은 문자이다. 해방 당시 80~90%에 이르던 문맹을 단기간에 퇴치하고, 한글 전용 정책으로 관공서의 공문을 한글로 규격화하여, 그 바탕 위에 서구의 새로운 문물을 받아들여 오늘날의 대한민국이 된 것으로 훌륭한 문자가 없었다면 어려웠을 것이며, 휴대 전화 등의 모바일 기술이 세계 으뜸이 된 배경에도 한글의 과학성이 자리 잡고 있다고 한다.

'드십시오'와 '잡수시오'는 어느 것이 더 높임말일까? 앞의 것은 '들다'에서 나온 것으로 '거안제미擧案齊眉'의 뜻이고, 뒤의 것은 '잡다'에서 나온 말로 '수저를 함께 잡다'의 뜻으로, 앞의 것이 정답이란다.

부사 '매우' 는 '맵다' 에서 나온 말이고, '아주' 는 '빼앗다' 에서 나온 말로 '정신을 빼앗길 정도' 의 뜻이며, '너무' 는 '넘다' 에서 나온 말로 부정이 뜻이 가미된 말로 각 미묘한 차이가 있다.

선생님은 2006년 '훈민정음 해례본의 유출과정 연구' 라는 논문을 발표하였다. 최근까지 해례본(현 간송미술관 소장, 이하 간송본이라 함)의 출처를 두고 '안동시 와룡면 이한걸 씨 세전 가보이다' 등 여러 설이 분분하였는데, 선생님은 해례본과 분재기에 나오는 수결의 비교, 편지글, 후손들의 증언 및 첫 두 장이 낙장된 이유 등을 밝혀 이 간송본이 '광산김씨 안동 종가 긍구당' 의 세전 가보임을 밝혔다.

이 '긍구당' 은 선생님의 친구 집으로 고가 해체 수리시 나오는 서적을 보다가 의문을 품어 밝혀낸 것이다. 긍구당이 '훈민정음 마을' 이 되었으면 좋겠다.

이와 관련하여 '훈민정음 해례본 상주본' 이 2008년 학계에 알려져 관심이 집중되고 있는 가운데, 경북 상주에서 골동상을 하고 있는 소유주(편의상 甲이라 함)가 2012. 5. 7. 그 소유권을 국가에 넘겨 새로운 전기를 맞고 있다.

현재 이 상주본을 실제로 소지하고 있는 자(편의상 乙)는 구속 중인데, 그가 숨긴 장소를 함구하고 있어 그 행방이 묘연한 상태이다. 하지만 소유권을 국가에 넘긴 골동상을 하는 소유주(甲)도 그 취득 과정에 대하여 의문을 받고 있다.

그 이유는 문화재 전문 도굴범이, 실제 소지자(乙)에 대한 문화재 보호법 위반 형사 사건에 증인으로 출석하여 1999년 안동시 소재

광흥사 나한상의 복장 유물을 훔쳐서 골동상(甲)에게 넘겼다고 증언했기 때문이다.

현재 구속 중인 실제 소지자(乙)는 위 골동상(甲)에게서 고문서 수십 점을 살 때 몰래 이 상주본을 슬쩍 끼워 갖고 나왔다 한다. 어쨌든 위 2건 모두가 '안동' 지방에서 발견된 점이 흥미롭다.

한글의 미래는

국립국어원은 현재 공무원을 대상으로 국어 전문 교육을 하고 있고, 찾아가는 국어 교실도 운영하며, 사전 편찬 및 우리말 다듬기도 하고 있다. 하지만 이것만으로는 부족하다. 수명 100세 시대에 맞추어 전 국민을 대상으로 국어 교육, 나아가 민주 시민이 지녀야 할 교양 교육을 주기적으로 실시해야 할 것이다.

지금 우리 교육은 인생 초반기에만 초점이 맞춰져 있다. 일본은 이미 수년 전 '이전직 사학습二轉職四學習'을 국가 비전으로 설정했다. 평생 두 번에 걸쳐 직업을 갖고 첫 취직 전과 두 번째 취직 전 그리고 은퇴 후 등 네 차례에 걸쳐 공부함으로써 한층 보람 있는 삶을 누리게 한다는 뜻이다. 우리도 고령화 사회에 맞춰 평생 교육 제도를 정비할 때가 왔다.

이뿐만 아니라 관공서 등에서 무분별하게 사용하는 영문자도 사용하지 않도록 계도해야 할 것이다. 요즈음 관공서에서 흔히 쓰는 'TF(태스크 포스)'는 '공문서는 한글로 작성하여야 한다'는 국어기본법 제14조를 위반하는 것이다.

같은 법 제17조에서 각 분야의 전문 용어는 표준화하여 보급해야 한다고 하고 있다. 각 분야에서 부단히 생겨나는 외래어를 우리 말로 다듬어 내놓아야 할 것이다.

또한, 제15조는 신문·방송·잡지·인터넷 등의 대중 매체는 국민의 올바른 국어 사용에 이바지해야 한다고 규정하고 있다. 올바른 국어를 쓸 수 있도록 홍보하고 교육해야 마땅할 신문·방송·잡지·인터넷 등의 대중 매체가 오히려 외래어 사용을 부추기고 있고, 특히 연예·예능 프로그램에서 재미 삼아 던진 말이 10대들이 사용하는 비속한 은어의 유래가 되기도 한다. 이들 매체에 대한 실질적인 단속과 감독이 있어야 할 것이다.

김경수 중앙대 명예 교수는 2012. 6. 7.자 법률 신문 '한자이야기'에서 국가 정책과 관련하여 다음과 같은 말씀을 한 적이 있다.

"거리의 간판들을 외래어 투성이로 만들고, 새로 도입되는 문화 개념어를 우리 문자로 조어(造語)하지 못해도 그냥 두고 보는 것은 문화 정책의 실종입니다. 학술어, 의학 용어, 경제 용어, 정치 용어 모두를 계속 외국어 그대로 쓰게 하려는지 궁금합니다. 뜻은 전달될 수 있을지 모르나, 글자에 담겨야 할 우리 정신은 어디에서 찾을 것인지 국어기본법을 만든 정책 당국자들에게 묻고 싶습니다."

표준 발음법

'표준 발음법'은 '표준어 규정' 제2절에 규정되어 있다. 선생님은 현직에서 35년간이나 근무하신 아나운서의 대모代母라고 불리는 분으로, 교양이 묻어나는 분이셨다.

선생님은 교재를 돌아가면서 읽도록 했는데, 그중 어떤 분은 미리 연습한 것도 아닐 텐데 어찌나 세련되게 잘 읽는지 목소리가 매혹적으로 들렸다. 읽는 도중 잘못된 발음은 시정하여 주셨고, 그 대표적인 것이 '국어의 전통성'이라고 할 때 조사 '의'이다. 이것을 '에'라고 읽는단다. 즉 '국어에'로 발음하는 것이다.

혀 짧은 소리를 하는 사람의 대부분은 습관이란다. 흉내내다가 말 더듬는 것과 같은 이치이다. 즉, 혀를 쭉 내밀어서 아랫입술 밖으로만 나오면 혀가 짧은 것이 아니란다.

'아'를 발음할 때는 손가락 3개가 들어갈 정도로 입을 벌려서 발음해야 한단다. 그동안 너무 입을 적게 벌리고 '아'를 발음했던 것 같다.

그래서 그런지는 몰라도, 교통 정보를 알아보려고 전화해서 나들목 이름을 불러주면 번번이 못 알아듣고 다시 말하라고 한다. 하다가 안 되면 결국 버튼 방식으로 돌아갈 수밖에 없었다. 아! 표준 발음법이 이토록 중요하구나.

발음에 대한 충격으로 집으로 돌아가는 지하철에서 책을 꺼내어 놓고 교재에 적힌 대로 표준 발음법 연습을 해 보았다. 잘못 발음하던 것도 제법 있었고 모르던 것을 새로 알게 된 것도 있다. 볼수록 푹 빠져들어 중얼거리며 발음도 해보는데, 실내가 복잡한 것 같아 고개를 들어보니 사람들이 너무 많았다. 이상하다. 이렇게 많지 않았는데…

다음 정차하는 역 이름을 보니 '공덕'이다. '영등포구청'에서 내려 2호선으로 갈아타야 하는데 여섯 개 역이나 더 지나쳐 왔다. 부리나케 내려 반대 방향으로 되돌아가는데 '영등포구청'에 내려야 할 걸 그만 '영등포시장'에 내리고 말아 기다렸다가 다시 타고 오는 바람에, 공부 좀 해 보려다 퇴근 시간이 1시간이나 더 걸렸다.

생활 글쓰기

글은 관념이 아니라 보고 듣고 느낀 대로, 즉 '그 생각이 일어나는 자리'를 꺼내어서 써야 좋은 글이 될 수 있단다. 글을 쓰는 것은 논리 능력이 아니라 그 점에 대해서 얼마나 아느냐의 문제이며, 나아가 그 문제가 나에게 얼마나 절실하냐의 문제라고 한다.

생활 글쓰기 지도 선생님은 연세가 지긋한 분으로 '아들' 이야기를 많이 하셨다. 공부 잘하는 아들은 '국가의 아들'이고, 돈 잘 버는 아들은 '사돈댁 아들'이며, 빚지는 아들은 '나의 아들'이라고 하셨다.

우리 속담 중에 '될성부른 나무는 떡잎부터 알아본다'는 것이 있는데, 이는 잘못된 것으로 '떡잎이 시들시들해도 교육을 잘하면 얼마든지 좋은 나무가 될 수 있다'로 바꿔야 한단다. 즉, 아이는 부모가 말해 주는 대로 된단다.

한때 우리 사회가 개발 열풍으로 모여 앉으면 '아파트 몇 평에 사느냐'가 자랑이었고, 이제 그 현상은 많이 없어졌으나, 아직도 자녀 성공담 즉 아들이 이름 있는 대학에 들어갔다느니, 어디에 취직을 했다느니 하는 분이 있는데, 이것만으로는 자랑할 것이 못된다. 유난히 학벌에 집착하는 우리네의 허영심은 도대체 언제쯤 사라질 수 있는 것일까.

국민 대다수가 대학 교육을 받는 현재의 교육 제도(2010년 현재 대학 진학률 80% 이상)는 생산 노동력을 적절히 활용하지 못하고 청년 실업자를 양산하며 학벌 사회를 조장하는 바람직하지 못한 제도로, 이렇게 하여서는 '공정公正 사회'를 만들어 나갈 수가 없다.

고등학교부터 적성에 맞게 직업 학교로 가야 할 것이다. 대학은 그야말로 기초 과학 등 학문을 연구하는 곳으로 고교 졸업생의 20% 내외이면 충분할 것이고, 나머지 대학은 차츰 직업학교로 바꾸어 나가야 한다.

그리고 그 이전에 우리 사회에 만연한 학벌주의를 타파해야 한다. 젊은이들이 흔히 말하는 일류 대학을 나오고 고시에 합격하거나 대기업에 취직하기만 하면 훌륭한 것이 아니고, 그들이 이 사회 발전에 얼마나 기여하느냐에 따라 평가되어야 할 것이다.

반대로 직업 학교를 졸업하고 생산 활동의 일선에서 열심히 근무한다면 응분의 대우를 받아야한다. 오늘날 노조가 극한 상황까지 가는 이면에는 우리 사회에 뿌리 깊은 기술자 천시賤視 사상이 자리하고 있다고도 볼 수 있다.

지금 자라나는 청소년들을 공부의 굴레로부터 벗어나게 해 주어야 하고, 전인 교육으로 심성을 순화시켜야 한다. 학교와 학원 등을 벗어나지 못하다 보니 스트레스는 해소할 길이 없고 약한 학생을 괴롭히거나, 욕설이나 비속어를 밥 먹듯 쓰며, 더구나 기성 사회를 정의롭지 못한 부조리로 가득한 세상으로 보고 있다. 이렇게 자라서 어떻게 '공정 사회'를 만들 수 있겠는가. 공정 사회는 정치 지도자가 외친다고 만들어지는 사회가 아니다.

강서 둘레길

요일이 거듭될수록 벚꽃은 만개滿開해 점심시간에도 많은 사람들이 방화근린공원으로 몰려든다. 꽃잎이 떨어지며 벤치에 앉아 책 읽는 여인의 모자 위에도 내려앉는다. 한데, 이 공원에는 독특한 것이 있다.

마치 '곳집(상엿집)' 처럼 생긴 '나무로 만든 작은 집' 으로 도대체 무엇에 쓰는 물건인지 알 수가 없다. 양옆으로 탁구공만한 구멍이 있어 들여다보아도 좀처럼 보이지 않으며, 흔들어 봐도 꿈쩍하지 않고, 전면에는 자물쇠가 단단히 채워져 있다. 지나가는 나이가 지긋한 분 몇 분에게 물어봐도 당최 모르신단다.

그 뒤 어느 날 저녁 무렵 방화대교 옆 한강변에 나갔다가 '서남물재생센터'를 지나 메콰세타이어길 근처 근린공원에서 다시 보았는데, 등산 후 바지에 묻은 먼지를 털어주는 '공기 먼지털이'의

원동기 장치를 보호하는 나무집이란다. 즉, 원동기 등의 장치가 비바람을 피하도록 단단히 집을 만들어 넣어 둔 곳이다.

'곳집'은 상여와 그에 딸린 제구를 넣어두는 초막으로, 산언저리 외딴 곳에 두었는데, 우리 마을의 경우 아랫마을로 가는 길 언덕 위에 있었다. 어릴 때 거길 지나가면 그렇게 무서울 수가 없었다. 낮에 지나가도 고개를 푹 숙이고 그쪽으로는 쳐다보지도 못했다. 거기에는 귀신鬼神이 득실거린다고 생각했다. 어릴 때는 왜 그토록 '귀신'이 무서웠던 걸까?

약사사를 지나 강서 둘레길을 따라 계속 오르면 '개화산 전망대'이다. 전망대에서 바라보면 휘감아 돌아가듯 한강의 모습과 그 일대의 전경이 아스라이 펼쳐지고, 건너편 행주산성이 있는 덕양산이 바로 눈앞이며, 곧 개통 예정(2012. 5. 25.)인 경인 아라뱃길도 보인다.

전망대에서 바로 앞을 내려다보면 무덤 주위로 큰 바위가 여러 개 흩어져 있어 눈길이 가는데, 검은 듯 흰 바위들이 장구한 세월 속에서 어떤 생명력을 지닌 듯 느껴져 묘한 감정이 일어난다.

전망대에서 내려와 가까이 다가가 보게 된다. 바위는 중등학교 시절 미술 시간에 조선 후기 화가 표암 강세황의 그림에서 본 듯한 화강암이 풍화(風化)된 돌로 검은색을 띠면서 일부는 바스러져 간다. 왜 바위는 검은색을 띠는 걸까? 마치 말을 걸어오듯 야릇하다면 애니미즘일까?

개화산 정상에서 둘레길을 따라 계속 내려가면 김포공항 쪽으로 '신선바위 전망대'가 나온다. 이 전망대에서는 김포공항 전체가 한눈에 들어오는데, 착륙하는 비행기는 순식간에 속력을 줄이고서는 세월없이 빙빙 돌아 건물 쪽으로 다가간다. 한편 이륙하는 비행기는 언제 보아도 멋있다. 마치 바다에서 고래가 솟구치는 모습이다.

석양에 힘차게 날아올라 저 서녘으로 길게 사라지는 모습을 보면서 '저 비행기는 어디로 가는 걸까? 이 어둠이 내리는 시간에 각자의 희망을 품고서 혹은 슬픔을 등지고서'

계속 진행 방향으로 걷다보면, 6·25 김포 개화산 지구 전투에서 희생된 호국충혼위령비가 보이는데, 특이하게 종교색이 짙다. 전국 각지의 충혼탑은 대체로 그 지역을 대표하는 공원에 삐쭉하게 솟은 모양을 하고 있는데, 이곳은 연화 대좌 위에 두 손 모은 형상의 몸돌이 있고 이어 연화복반을 두고 그 위에 연필 모양의 탑이 세워져 있다.

여기에서 둘레길을 계속가면 다시 방화근린공원으로 이어지고, 밑으로 빠지면 '미타사'가 나온다. 미타사 건물 뒤편에 있는 '석불입상'은 새로 만든 대좌 위에 머리에 갓을 쓰고 두 손을 가슴 앞에 모으고는 600년을 하루 같이 서 계신다. 건물 밖에 있어 보기에는 편하지만, 몸 전체가 왼쪽으로 약간 기운 모습으로 온갖 풍상을 겪으며 서 있다는 것이 어쩐지 힘들어 보였다.

반면에 바위 동산 제일 위쪽에 새로 조성한 석가여래좌상은 늠름한 모습으로, 더구나 양 옆에는 복사꽃이 만발하여 극락세계에서 인간 세상을 내려다보고 있는 듯하다.

둘레길을 내려오면 개화동 내촌마을이다. 마을은 조용하다 못해

적막하다. 마을을 통과하여 내려오면 '개화 경찰 초소'가 나오고, 건너편이 지하철 9호선 종점인 '개화' 역이다. 도로를 건너려고 신호를 기다리는 중에 48번 국도를 타고 '강화' 가는 광역 버스가 자주 지나간다.

날은 어둑어둑한데 저 버스를 타고 강화도에 가고 싶다. 가서 강화읍 관청리에 있는 조선 제25대 왕인 철종 생가(용흥궁) 앞 좁은 골목길 오래된 술집에서 '두부고기'도 먹고 싶고, 거기서 골목길을 따라 조금 오르면 홀연히 나타나는 사찰 양식의 '강화성당'(1900년 건축)에도 가보고 싶다.

개화역은 개통된 지 얼마 되지 않아 청사는 초현대식이고, 왜 필요한지는 몰라도 거대한 환승 센터도 있으나 승객은 보이지 않고 역무원 1명의 그림자만 보여 비록 잠시지만, 이 밤에 은하철도 999 타고 우주여행 가는 착각에 빠진다.

국어의 로마자 표기법

'국어의 로마자 표기법'이란 우리말을 로마자로 적는 방법을 말한다. 흔히 a, b, c, d, ……를 '영문자'라고 부르고 '영문 표기'라고 하는 경우가 많으나, 그 외 프랑스어, 독일어, 스페인어, 포르투갈어, 네덜란드어, 이탈리아어, 스웨덴어, 덴마크어, 폴란드어, 체코어, 헝가리어, 터키어 등 여러 언어가 로마자를 갖다 쓰고 있으므로 정확하게는 '로마자'라고 불러야 한다. 전 세계의 언어는 약

6,000개 정도가 되나, 문자는 30여 종에 불과하다.

현재 사용되고 있는 '국어의 로마자 표기법'은 2000년 개정된 것으로, 그 대원칙은 소리 나는 대로 적는 것과 부호를 되도록 쓰지 않는 것이다.

우리말에서 구분되지 않는 유무성 표기를 폐지하여 '도동'을 'Todong'으로 적지 않고 'Dodong'으로 확립하였고, '종로'는 [종로]로 소리 나지 않고 [종노]로 소리가 나므로 발음대로 'Jongno'로 표기한다.

또한 반달표(˘)와 어깻점(')등 각종 부호는 컴퓨터에서 입력하거나 검색하기가 불편하여 사람들이 사용을 꺼리게 되고 정보화 시대에 맞지 않아 폐지하고, 다만 행정 구역 단위를 표시하거나 이름의 표기 등에서 붙임표(-)만 사용한다.

인명을 쓸 때는 성과 이름의 순서로 쓰며, 성과 이름을 띄어 쓴다. 그리고 이름은 붙여 쓰는 것이 원칙이며 다만 음절 사이에 붙임표를 쓰는 것은 허용하고 있다. 즉, '홍길동'은 'Hong Gildong' 또는 'Hong Gil-dong'으로만 쓸 수 있다.

그러나 사람의 '성姓'에 관해서는 관여를 하지 않는다. 따라서 '박'은 'Bak' 'Pak' 'Park' 모두 가능하다. 하지만 가족 간에는 같이 쓸 필요가 있다. 그렇지 않으면 부자간에 다른 성이 되어버린다.

우리말 특강

교육이 종반으로 접어드나 보다. 드디어 형성 평가 시간이다. 교육 시작할 때 치른 진단 평가에 이어 두 번째 시험이다. 문제지를 받아드니 총 25문항으로 4일간 열심히 배웠건만 여전히 어려웠다. 주어진 30분을 최대한 활용하여도 정답을 생각해 내느라 여전히 진땀난다. 국어 교육은 재미있어도 시험은 시험인 것이다.

곧 이어 오늘 마지막 수업인 '특강'이다. 시작 전에는 '특강'이라고 해서 새로운 것을 기대했다. '건강'이라든지, '외교 안보' 또는 '경제' 등 분야이지 않을까 생각해 보기도 했다. 한데 나누어 주는 한 장짜리 인쇄물이 그렇게 보이지 않는다. 뒤를 넘겨봐도 우리말 이야기뿐이다.

이윽고 연단에 오르신 분은 김수업 전前 국어심의회 위원장님으로 한마디로 우리말 전도사이시다. 즉, '국립국어원'에서는 '특강'도 '우리말 특강'인 것이다.

선생님은 미국인 선교사 헐버트가 가장 먼저 한글의 우수성을 알아보았다고 하셨다. 미국인이면서도 한국의 독립을 위해 헌신했던 헐버트는 최초로 한글로 교과서를 쓴 한글학자이기도 하며, '훈민정음'이라는 영문 논문에서 한글은 영어와 달리 발음기호가 없어서 그냥 조합대로 읽으면 발음이 나오는 글자로 영어보다 의사소통 매개체로 더욱 훌륭하며 표현력이 가장 우수한 글이라고 하였다.

헐버트에게서 배우고 한편으로 한글 연구를 함께한 주시경 선생은 한글에 '띄어쓰기'와 '점찍기'를 도입하였고, 그 뒤 그의 제자들이 '조선어학회'를 설립하여 1933년 '한글 맞춤법 통일안'을 공표하게 된 것이다.

선생님은 우리말은 한자에 비해 이름씨(명사)가 흔히들 가난하다고 하는데 그렇지 않다고 하면서, 그 예로 비雨는 내리는 강도에 따라 먼지잼 - 는개(늘어진 안개) - 이슬비 - 가랑비 - 보슬비 - 부슬비 - 모종비 - 못비 - 날비 - 발비 - 된비 - 한비 - 작달비 - 장대비 - 동이비의 순서가 된단다. 그 쓰임새도 다양하여 '밥을 하다/ 메를 짓다/ 죽을 쑤다/ 국을 끓이다/ 송편을 찌다/ 감자를 삶다/ 나물을 데치다/ 뼈다귀를 고다/ 약을 달이다'로 각기 다르게 쓰인다.

우리말에는 이치가 담겨 있는 것으로, '죽었다'라는 표현은 현상만을 나타내는 것이며, '돌아가셨다'는 말은 오는 곳이 있기에 가는 것으로 민족의 높은 정신 문명이 담겨져 있다고 하였다. 즉, 얼은 하늘의 씨앗으로 이것이 다 살고 나면 하늘로 돌아가는 것으로 죽으면 얼이 넋으로 불린다.

이어서 왜 사람들은 '뜰'이라고 하면 풀이 있을 것 같고, '정원'이라고 하면 나무가 있을 것 같으며, '가든'이라고 하면 근사한 장미 같은 것이 있을 것 같은 인식을 하게 되었는지 생각해 봐야 한다고 하셨다.

선생님이 예전에 다방에 갔을 때 종업원이 '우유'는 700원 하고 '밀크'는 1,000원 한다고 하기에 그럼 '소젖'은 얼마 하냐고 하니까, 종업원이 선생님을 뚫어지게 쳐다보다가 그만 울어 버리고 말았단다.

뮤지컬 관람

수업을 마치고 육OO 씨와 둘이서 대학로에서 공연하는 뮤지컬 관람에 나섰다. 김포공항에서 서울역까지는 공항 철도가 있어 순식간에 서울역에 와서 지하철 4호선으로 갈아타고 혜화역에서 내렸다.

혜화惠化! 이름만 들어도 그 어떤 옛 추억이 있을 듯한 아련한 느낌이 들고 저절로 마음이 푸근해지는 그런 이름이다. 근처에 있는 안국安國동, 재동, 세검정, 청운동, 이화동, 길음동, 인사동 등도 모두 그런 느낌이다.

서울은 있으면 떠나고 싶고, 떠나면 다시 돌아오고 싶은 곳이라고 하였던가! '서울', '한양', '위례성' 그 무엇으로 불리든 간에 세계 제일의 문화 도시이다. 로마가 석조물 도시에 지나지 않고, 도쿄는 4백 년 역사에 불과하다면 서울은 2,000년 역사에 모두가 문화 유적이다. 그 2,000년 중 한성 백제 수도 500년(BC 18 ~ AD 475), 조선시대 도읍지 500년 그리고 일제 강점기부터 현재까지 수도 100년 합쳐서 1,100년을 수도로서 기능해 왔다.

고구려 소서노(고주몽의 아내)의 아들 온조 형제가 이복형 유리에게 후계자 자리를 빼앗기고 남하南下하여 BC 18년 위례성에 도읍을 정하면서 역사에 등장한 서울! 우리는 1994년(태조 3년인 1394년에 한양으로 천도함)에 서울 정도定都 600주년 기념행사를 하기 이전에 서울 정도 2,000주년 기념행사를 했어야 했다.

얼마나 무심하면 한 왕조가 50년도 아니고 500년간 지속된 도읍지를 확정하지 못하고 있는가! 그동안 하남 위례성을 충남 직산이라고 하는 설, 경기도 하남시 춘궁리설, 고읍(고골)설, 이성산성, 몽촌토성, 풍납토성 등 다양한 견해가 있는데, 그중 풍납토성은 둘레가 3.6km, 면적이 약 26만 평에 이르는 국내 최대의 토성으로, 1997년 아파트 공사장에서 다량의 토기류가 발견되면서 대대적인 발굴을 하게 되었다.

그 이전인 일제 강점기 을축년(1925년) 대홍수 때 한강변에 맞닿아 있던 서벽이 유실되면서 내부가 노출되어 하남 위례성이라는 주장이 나왔으나 역사학계의 거두인 이병도 박사가 반대하고, 흙으로 만든 토성이라는 이유로 가볍게 취급되었다.

그러나 1997년 발굴에서 제사터가 발견되고 각종 청동 제기祭器류, 명문기와 등 왕궁에서만 쓸 수 있는 유물과 기타 많은 양의 백제 토기류, 중국제 도자기 및 철기 등 수많은 유물이 출토되어 왕성으로서의 위상을 보여준다. 이 풍납토성을 중심으로 남쪽에 몽촌토성, 석촌동 고분군 및 방이동 고분군 등이 모두 반경 10km 내에 위치해 있어 현재 왕궁이 있었던 곳으로 강력한 추정을 받고 있는 바, 이 토성 안에 있는 그 수많은 아파트 등 건물을 단계적으로 모두 철거하고, 새로이 차근차근 발굴해 보아야 할 것이다.

이는 500년 왕도에 대한 후세인의 최소한의 태도이며 우리의 자존심에 해당하는 문제이기도 하다. 어찌 보면 경복궁 복원 공사보다 더 중요한 사항일 수 있다.

한편, 1970년대에 잠실지구 아파트 건축 공사를 하면서 고분 등 유적이 곳곳에 나타나고, 그중 일부에서는 왕족이 끼던 금동 반지가 나오는 등 중요 유물이 나타나도 그냥 공사를 진행하는 바람에 송파구, 성동구 일대에 산재한 많은 유적이 사라지고 말았다.

뿐만 아니라 그 인근인 하남시 춘궁동, 교산동 등 고골古邑 일대는 물론 남한산성의 지맥인 객산과 하남시 창우리 소재 검단산까지 모두 한성 백제의 유적이 서린 곳이라고 보아 마땅하다.

결국, 조선 500년에 걸맞은 한성 백제 500년이 살아나야 할 것이고, 백제하면 공주·부여의 백제(두 곳 합쳐서 180년 정도)가 아니라 한성 백제가 주축이 되어야 할 것이다.

공연 시작이 오후 8시인지라 여유가 있어 대학로 주변을 산책하니 젊은이들로 넘쳐났다. 저녁 식사를 할 만한 곳을 찾아 이리저리 다녀 보면서 그 수많은 음식점이 있었건만 모두 고만고만하여 특색이 별로 없어 보였다.

대학로에는 연극, 뮤지컬 등 각종 공연을 하는 소극장이 무수히 많이 보였다. 같이 온 육00 씨가 지방에는 이런 문화 공연을 하는 곳이 별로 없다고 하였다. 우리는 극단 피렌체 제작의 '뮤지컬 짝사랑' 공연을 보러 '낙산씨어터'라는 소극장에 들어갔다.

어두컴컴한 지하 공연장에 들어서니 객석이 총 30석 내외로 보이고 무대도 아주 좁아 아무리 소극장이라지만 이건 작아도 너무 작다고 느껴졌다. 살펴보니 배우 4명에 관객 18명이 고작이었다. 직장 근처에 있는 예술의 전당 오페라 극장 같은 큰 공간만 보다가 이런 작은 곳을 보니 적응이 잘 되지 않았다.

이윽고 공연이 시작되고 2명 혹은 3명이 한 조가 되어 '어린 시절에 무심코 좋아하는 감정', '처음 직장에 들어가서 느끼는 이성

에 대한 연애 감정' 그리고 '노년에 이르러 말없이 아껴주는 마음'
이 잘 드러나는 즉, 3가지 설정이 연속적으로 이어지는 연극이었
다.

글쓰기 지도

이제 금요일로 교육 마지막 날이다. 첫 시간은 '글쓰기 지도' 시
간으로 교육 첫날 '글쓰기 실습' 시간에 제출한 실습지를 돌려받
았고, 선생님은 그중 잘된 글 한편을 소개해 주었는데, 그 내용을
요약하면 다음과 같다.

> "제사 지낼 때 지방을 쓰면서 이따금씩 쓰는 한자가 쓸 때마다 헷갈리고,
> 돌아가신 조부님도 한자를 모르셨으니 그냥 쉬운 한글로 쓰자고 하니, 부친
> 께서 '귀신은 귀신같이 안다'고 하시면서 막무가내 한자로 쓰기를 고집하
> 셨다."

중국의 공자 종갓집 종손은 제사 지낼 때 지방 끝부분에 '신위神
位'라는 표시를 쓰지 않으며, 복식도 현대 복식으로 한단다. 그것
은 공자는 사람으로 신격화하지 않겠다는 뜻이며, 제사는 제사를
받드는 사람의 예禮로 한다는 방침에 따른 것이란다.
선생님은 글을 쓸 때 그 글을 읽는 사람을 생각하면서 쓰면 좋겠
다고 하면서, 공문서의 경우는 더욱 그렇다고 하였다. 일례로 '맘

프러너Mom Entrepreneur 창업 스쿨' 이라는 사업이 있었는데, 그 뜻을 몰라서 국민 중에 수백억 원을 지원받지 못한 사례가 있었다고 한다. 그 뜻은 '주부 창업 지원사업' 이란다. 아무도 모르는 정책명은 누구를 위한 사업인가!

메타세쿼이아길

마지막 점심 시간이다. 다시 방화근린공원으로 나가니 사람들로 넘친다. 왜 봄에는 사람들도 이렇게 활기차 보일까. 강서 둘레길을 따라 고목이 된 아카시아 나무가 즐비하여 5월이면 방화는 아카시아 향기가 진동하리라. 또 가을에는 단풍이 얼마나 아름다울꼬. 그 때는 사람들이 어떤 모습으로 거닐고 있을까.

강서 둘레길 마지막 부분에는 풍산 심씨 묘역이 있다. 심정과 그의 후손들의 묘로서 문화재로 지정되어 있었으나, 제대로 관리되지는 않고 있었다.

심정은 조선 중종 때의 문신으로 남곤 등과 함께 기묘사화를 일으킨 주역이다. 당시 조광조에 의해 두 번이나 판서 자리에서 파직되고 위훈 삭제로 공신록도 삭탈 당했다. 이에 '주초走肖위왕' 을 조작하여 조광조 등 신진 사류를 숙청하고 좌의정에까지 올랐으나, 동궁 저주사건에 연루되어 강서로 귀양 갔다가 죽게 된다.

여기에는 그의 아들 심사손, 심사순 형제 그리고 손자 심수경의 묘를 위시하여 60여 기가 있는데, 그중 위 4명의 묘에는 묘비, 상석, 문인석 등이 갖추어져 있으나 특이하게도 문인석 중 한 명씩은 꼭 목이 잘려 나가고 없다.

정암 조광조! 그가 죽지 않고 도학道學 정치를 실현하였다면 조선의 백성들은 더 나은 삶을 살 수 있었을까?

강서 제2 둘레길은 한강변을 끼고 '서남물재생센터'를 거쳐 중앙공원을 아우르는 길이다. 그중에서 마지막 부분에 있는 메타세쿼이아길은 너무도 고요하고 포근하여 한 번 가면 나오기 싫은 곳이다. 전국에 많은 메타세쿼이아길이 있지만 여기만큼 평온하고 적막한 곳은 없으리라.

어느 날 오후, 그 분위기가 너무 좋아 마치 불교 신자가 탑돌이를 하듯 하염없이 거닐고 거닐다가 저녁나절이 되어 버렸다.

그 길을 따라 한강변에 나가면, 행주산성이 있는 덕양산이 한 눈에 들어오고 하늘 공원 너머로 북한산이 가없이 펼쳐지며, 저 멀리 물줄기 위로 석양이 질 때면 노을이 곱게 그려지고, 어스름에 더욱 환한 빛을 띠며 그 잔잔하게 밀려오는 파도에 무심히 눈길을 던지고서 나는 또 어디로 가는 걸까.

수료식

오후에 설문 조사 시간이 있는데, 그 시간이 너무 짧아(10분) 응답하기가 고약하다. 다만 교육 시작하는 첫 시간에 나누어 주는 '안내 사항'에 나와 있으므로 미리 봐 두면 편리하다.

곧이어 띄어쓰기를 강의했던 선생님이 '국어 정보 활용 방법'을 안내하였다. 각종 찾기 마당, 사전 이용 방법 등을 안내하였는데, 사실 교육으로 모든 내용을 알기는 어렵고 필요할 때 찾아보는 방법만 터득하면 된다고 하였다. 또한 근무 시간 중에는 '가나다 전화(1599-9979)'라고 해서 간단한 사항은 전화로 궁금한 것을 물어 보면 상담원이 바로 답을 알려 준단다.

최근에는 '찾아가는 국어문화학교'도 운영하여 공공기관, 기업체 등에서 교육 신청을 하면 전문 강사가 찾아가서 교육을 한다. 여비, 강사료도 무료이고 교재도 무료로 배부하고 다만, 인원 30명 이상이고 강의 장소만 준비하면 된다.

위와 같이 자료를 찾아볼 때 '국립국어원'를 꼭 외워 둬야 하며, 어떤 분은 교육을 받고도 여기가 어디냐고 물으면 '국학원'이라거나 '국어연구원' 또는 심지어 '국악원'이라고도 한단다. 그러고는 '민요'는 언제 가르쳐 주냐고 묻는단다.

수료식에는 성적 우수자 등 10명을 포상하였는데, 첫 시험과 마지막 시험의 성적을 합계해서 고득점자 또는 성적이 많이 향상된 분을 뽑아 시상하였고, 마지막으로 수료증을 교부하는 것으로 모든 교육을 마쳤다.

교육을 마치자 남성들은 말없이 보따리 싸서 떠나거나 밖으로 나가 담배 피우기 바쁜데, 여성들은 서로 연락처를 주고받으며 아쉬운 작별을 나눈다. 이제 보니 각 기관의 친목 도모에도 여성들이 나은 듯이 보인다. 여성들이 많이 교육을 받아 자녀들도 훌륭히 키우고 더 나은 직장 문화를 만들어 나갔으면 좋겠다.

세종은 어떤 마음으로

교육을 마치고 광주광역시에서 열리는 제3기 사법 보좌관 모임이 있어 바로 김포공항으로 가서 광주행 비행기에 올랐다. 그러고는 비행기 안에서 끝없는 생각에 잠기게 된다.

'세종은 왜 한글을 만들었을까. 도대체 어떤 마음으로'

충녕대군 이도는 적장자가 아니었다. 세자이자 맏형인 양녕대군이 방탕한 삶을 이어가다가 폐세자가 되고, 그 대신 세자로 책봉되고 두 달 만에 왕이 되었을 뿐이다. 상왕인 아버지 태종이 군권軍權을 갖고 있는 상황에서 자신이 덕을 잃으면 언제든지 왕의 자리는 바뀔 수도 있는 처지였다. 그러나 세종은 그 열등감을 부지런히 학문하고 수신하여 극복해 나가는 과정에서 그 근면이 습관이 되고, 그 습관은 곧 그의 운명이 되었다. 그리하여 마침내 다음과 같은 성군聖君의 길을 걷게 된다.

"이 조선에서 일어난 모든 일이 내 책임이다. 꽃이 지고, 홍수가 나고, 벼락이 떨어져도 내 책임이다. 그게 임금이다! 모든 책임을 지고 어떤 변명도 할 수 없는 자리, 그것이 조선의 임금이란 자리이다."

세종이 한글을 창제한 이유는 크게 2개로 나누어진다. 그 하나는 백성을 편하게 하기 위해서이다. 즉, 교화敎化를 임금의 책무로 파악하여 모든 백성은 교육을 받아서 도덕적 주체로 계몽될 수 있다고 본 것이다. 이것은 성리학의 기본 원칙이기도 하다.

백성을 편하게 한다는 것은 글자를 몰라서 옥사獄事에서 억울함을 당하거나 법률 등 행정적인 면에서 불이익을 받지 않게끔 하겠다는 뜻이기도 하고, 백성들이 좀 더 편하게 성리학적 질서 즉 삼강오륜에 들어올 수 있도록 돕겠다는 의미이기도 하다.

실제로 세종 10년, 영남의 강주에서 김화라는 사람이 자기 아버지를 살해한 사건이 발생했다. 이 소식을 들은 세종은 큰 충격에 빠지고, 스스로의 부덕함을 여러 번이나 자책하고 어전 회의를 열었다. 거듭된 논의 끝에 백성들의 교육에서 그 해법을 찾고 재발 방지책을 마련한다. 김화가 삼강오륜을 알았더라면 아버지를 죽이지는 않았을 것이다. 어리석은 백성이 인륜이 무엇이고 도덕이 무엇인지 배우지 못했기 때문이다.

그리하여 집현전 부제학 설순에게 명하여 고금의 충신, 효자, 열녀 중에서 뛰어나게 본받을 만한 인물의 이야기를 뽑아서 글로 써서 그들을 칭송하고, 문자를 모르는 백성들을 위해서는 글 외에 그들의 행적을 잘 알아볼 수 있도록 그림을 그려서 책을 편찬하도록 하였다.

하지만 백성들이 문자를 모르기 때문에 비록 그림으로 보아서 그들의 행적을 과연 얼마만큼 깊이 이해할 수 있을지가 염려스러웠던 것이다. 이러한 왕의 고민은 살부殺父 사건이 발생한 지 18년 후에야 결실을 맺게 되는데, 이것이 곧 한글의 발명이다.

세종 28년 10월 9일, 왕은 드디어 훈민정음訓民正音을 백성들에게 반포한다. 훈민정음이라는 말뜻만을 음미해 보아도 세종이 왜 한글을 만들었는지 짐작할 수 있다.

그 두 번째 이유는 한자음을 바로 잡기 위해서이다. 당시 한자 발음은 지역마다 사람마다 달랐고, 당나라 때 들어온 발음과 그 이후에 들어온 발음이 모두 달랐다. 이에 훈민정음에 따라 주요 한자의 발음을 정리한 동국정운東國正韻을 발간하여 한자음을 통일하였다. 이 한자음 정리는 진시황의 문자 통일에 비견되는 국내의 무질서한 발음 체계를 통일한 작업이었다.

이웃 일본에서는 이러한 한자음 통일 작업을 거치지 못하여, 예를 들어 '인ㅅ'을 '닝'으로 읽기도 하고 '징'으로도 발음하는 등 각 낱말에 따라 각기 발음이 달라 한자어 발음이 상당히 까다롭다.

만약 한글이 없었다면, 조선 전기 송순의 면앙정가에서부터 시작하여 송강 정철의 사미인곡, 관동별곡에 이르기까지 저 찬란한 호남의 가사문학은 없었을 것이다. 또한 고려 후기부터 유행한 시조는 구두로 전승되거나 이두吏讀 문자로 표기되어 제한적으로 전해졌을 것이고, 또한 조선 시대에 들어와서 시조 문학이 꽃을 피우지도 못했을 것이다.

백성을 사랑했던 한 임금의 노력이 한 나라의 운명을 바꿔놓은 것이다. 그가 만든 문자는 백성들의 눈과 귀가 되었고, 600년이 지난 지금 대한민국은 세계에서 가장 문맹률이 낮은 국가이며, 정보화 시대에 가장 앞장선 나라가 되었다.

다음의 시를 한문으로 옮기면 어떨까? 우리말로 느끼고 표현한다는 것의 의미를 생각해보게 된다. 한글에서 '미당 서정주'는 영어에서 '셰익스피어' 만큼이나 소중하다.

春香遺文 (춘향의 말 : 옥중에서)

- 미당 서정주

천길 땅밑을 검은 물로 흐르거나

도솔천의 하늘을 구름으로 날더라도

그건 결국 도련님 곁 아니어요?

더구나 그 구름이 소나기 되어 퍼부을 때

춘향은 틀림없이 거기 있을 거예요!

(2012. 6. 18.)

※ 이 글은 2013. 5월호(통권 (680호) 법조지에 실린 글임.

절대자 촛불

촛불 님 도움으로
글자 님과 친해진
사피엔스는 똑똑해져만 갑니다

지식으로 무장한 그는
땅을 삼키고 바다를 휘저어
이제 갈 곳이 없습니다

대기는 찜통 유리막으로 덮이고
쓰레기는 산을 이루고 넘쳐흘러
옴짝달싹할 수 없습니다

대멸종을 앞둔 그는
우주로 고개를 돌려보지만
빛의 속도를 넘지 못합니다

머지않아 최후의 순간을 맞이할 것입니다
어머니 기도 닮은 촛불 님의 희생으로
그가 대속代贖 받게 해주십시오

셋째 마당

개혁을 꿈꾸며

사람은 희망이 보이면 기득권을 포기할 수도 있는데,
그렇지 못하면 파국이 오는 그 순간까지
주위에는 아랑곳없이 자기 몫에만 집착하게 된다.
우리 사회의 불합리하고 불공정한 면을 투명하게 개선하여,
사람들이 좀 더 편안하고 조화로우며 개성 있는 삶을 살아갈 수 있는,
지속 가능한 사회를 만들었으면 좋겠다.

01
버락 오바마 미국대통령
- 그의 방한을 환영하며

오늘 방한하는 미국 대통령 버락 오바마!

신문 지면을 통해서 그의 얼굴을 가만히 보고 있노라면, 영감이 가득한 그리고 동양적인 고뇌가 서린 모습으로 느껴진다.

어쩐지 아브라함 링컨 전 대통령의 얼굴이 포개져 보이기도 한다.

그의 취임 초기에 흑인 교수 자택 출입문 시정 장치 파괴 사건과 관련, 경찰에 강제 연행된 흑인 교수를 두고 경찰의 행동이 어리석었다고 한마디 했다가, 곧 이어 사과를 해야만 했던 사나이!

대통령으로서 어떤 사건이 발생하면 그 사안에 대해서 한마디 할 수 있고, 또 그렇게 말함으로써 경찰은 스스로 과잉 대응을 조금이나마 자제해서 더 나은 경찰이 될 수도 있을 것이다.

그런데 당시 언론은 혹평하고 여론이 들끓어 바로 경솔했다고 사과를 해야만 했고, 그 해결책으로 해당 당사자인 흑인 교수, 경찰관을 백악관으로 불러, 그것도 백인 부통령을 끼워서 맥주 회동을 하면서 씁쓸히 마감할 수밖에 없었다.

하지만 이 사건을 계기로 취임 전후로 계속되던 그의 강력한 카리스마는 여지없이 무너지기 시작했으며, 그 이후 각종 개혁 정책을 추진하면서 더욱 어려움에 부딪히고 있다.

지난번 노벨평화상에 선정되고서도 언론 그리고 여론으로부터 자격이 없다고 비난을 받아 최강대국의 대통령이면서도 떳떳하게 수상도 못하는 사나이!

당시 얼마나 그 비난이 심했으면 노르웨이 노벨평화상 심사위원장이 합당한 선택이며, 후회 없는 선택이었다고 했을까?

어쩌면 그의 대통령 취임으로, 그동안 미국의 오만한 행동으로 전 세계적으로 번지고 있던 반미 성향을 어느 정도 누그러뜨리고 있으며, 테러 행위도 확산되지는 않고 있다고 보여, 가끔씩 TV로 보여주는 '그의 존재'만으로도 지상의 평화를 가져다주는 것이 아닐까 여겨지기도 했는데, 미국 국내에서 그의 수상에 대해서 더 비난을 하니 어안이 벙벙했고, 아직도 미국은 오만한 것이 아닐까 하는 생각을 떨칠 수 없다.

지난 토요일(11. 14.) 일왕日王 아키히토에게 90도 허리 숙여 인사해야만 했던 사나이!

그는 허리 굽혀 인사하고 일왕은 만면에 웃음을 띤 체 바로서서 손을 내밀어 악수하는 모습은 많은 생각을 하게 한다.

정복자 맥아더 장군에게 항복하는 일왕에서 미국 대통령의 인사를 받는 일왕이 된 것이다.

그것은 세월의 힘이기도 하지만, 그의 겸손일 것이다.

후진타오 중국 국가 주석과 나란히 참석하여 전주錢主의 환심 사기에 바쁜 사나이!

두 사람은 예민한 현안에 대해서는 두루뭉술하게 넘어가고, 그는 은근히 위안화 평가절상 문제를 꺼내 보았지만 후진타오는 묵묵부답이다.

벌써 미국 국내에서는 이번 방문(한중일)에서 아무것도 얻지 못하고 경비만 쓴다고 비난이 거세지고 있다.

그래서 그런지 후진타오와 나란히 한 그의 얼굴은 수심이 그득하기만 하다.

사실 지난 대선 유세 시절 그의 말은 신념에 넘쳤으며, 패기 있고 활기찬 모습이었다. 아니 취임 초기까지만 해도 그랬다.

지금은 당시보다 더 깡말라 보이며 패기가 없어 보인다.

누가 그를 그렇게 만들었는가?

그의 방한을 환영하며, 신념에 넘치고 활기에 찬 그의 모습을 다시 보고 싶다.

곱슬머리에 검은 피부, 우수에 젖은 듯하면서 그윽하고 영감에 찬 눈을 가진 사나이!

그 이름, 버락 오바마!

나는 그가 좋다.

(2009. 11. 18.)

※ 이 글은 2009. 11. 18. 오바마 방한 첫날, 코트넷 문예광장에 게시한 글임.

가덕도신공항의 문제점과 그 대안
- 남부 초광역권 관문공항 건설의 필요성에 대하여

1. 영남권 신공항 추진 경과

가. 추진 경과

김해공항의 점진적인 포화상태와 2002년 중국 민항기 돗대산 추락 사고[1]로 인하여 그 대안으로 영남권 신공항 건설이 2003년부터 논의되어 왔으며, 2006년 노무현 전 대통령이 사업 검토를 지시한 이후, 2007년 이명박 당시 한나라당 대통령 후보가 공약 사항으로 들고 나왔다.

그에 따라 가덕도 신공항, 밀양 신공항이 유력하게 검토되어 오다가, 2011년 국토해양부는 두 후보지 모두 불리한 지형 조건으로

---

[1] 2002. 4. 15. 김해공항 활주로에서 4.6km 북쪽 지점인 돗대산에 중국 국제 항공기가 추락하여 탑승자 166명 중 130명이 사망한 대한민국 영토 내에서의 최악의 항공 사고이다. 당시 비가 오락가락 내리며 안개가 자욱하여 착륙 활주로가 잘 보이지 않아 저공비행 중 추락 2~3초 전 산을 발견하고 고도를 높였으나 당황하여 미처 엔진 출력을 높이지 못하여 해발 200m 지점의 나무를 들이받고 해발 150m 지점에 추락하였다. 충돌 당시 시속 246km이었으며, 돗대산 높이는 해발 380m이다.

인한 환경 문제, 사업비 과다, 경제성 미흡 등으로 현 시점에서 사업 추진 여건이 적합하지 않다는 결론이 도출되었다고 하면서 백지화를 발표하였고, 당시 이명박 대통령의 사과가 뒤따랐다.

어지간히 공구리 치기(토건) 좋아하는 이 대통령이 사과할 때에는 그만한 이유가 있었을 텐데, 이에 대하여 당시 한나라당 박근혜 대표는 "지금 당장 경제성이 없더라도 미래에는 분명 필요할 것으로 확신한다. 계속 추진해야 한다."라는 입장을 분명히 하였고, 이어 2012년 대선 공약으로 밀고 나왔다.

그 후 파리공항 공단 엔지니어링 연구 용역 보고서에서 김해공항 확장안은 818점, 밀양 신공항은 665점, 가덕도 신공항은 635점을 받는 등 신공항에 대한 부정적인 의견이 제시되고, 부산 지역(가덕도 신공항 희망)과 대구·경북 지역(밀양 신공항 희망)의 유치 경쟁이 날로 과열되는 가운데, 2016년 김해 신공항(김해공항 확장)안을 확정·발표하였다.

이에 대하여 부산·울산·경남(이하 부·울·경), 대구·경북 지역의 강력한 반발과 공약 위반이라는 야당의 비판이 잇따르자, 정부는 김해공항 확장도 신공항 건설이므로 공약 위반이 아니라고 강변하였으며, 이 때 정의당 대표였던 심상정 의원은 "김해공항 확장으로 결정한 것은 박근혜 정권에서 한 일 중 가장 책임 있는 결정"이라고 평가하였다.

나. '가덕도 신공항 건설을 위한 특별법' 제정

그 이후에도 부산 지역을 중심으로 24시간 운영되는 관문공항의 필요성이 계속하여 대두되었다. 부산경남 등 인천공항과 먼 곳에서는, 김해공항을 야간에 사용하지 못함으로 인하여 인천공항까지 가서 탑승하거나 밤늦게 또는 새벽에는 인천공항을 통하여서만이 들어올 수밖에 없는 불편이 꾸준히 제기되었고, 화물을 인천공항까지 운송하는 데에 따른 시간과 비용, 에너지 낭비, 대기 오염 및 수도권 교통 체증에도 한 몫을 하는 등의 문제를 해결해야 할 필요성이 대두되었다.

여기에다가 부산 지역 경제 전반의 쇠퇴로 인하여 지방 소멸 방지, 나아가 지방 균형 발전을 위해서도 24시 관문공항 건설이 필요하다는 여론이 형성되어 왔으며, 그동안 김해공항 확장에는 큰 관심을 보이지 않았고 사업도 지지부진하였다.

그러던 중 2021. 4. 7. 부산 시장 보궐 선거를 앞두고 여야를 망라한 정치권이 가덕도 신공항 건설을 앞다투어 약속을 하였고, 이번에는 다시 번복을 하지 못하도록 선거일 전에 미리 '가덕도 신공항 건설을 위한 특별법'(이하 '가덕도 신공항법')을 제정 2021. 2. 26. 국회를 통과하였다.

한편, 대구·경북 지역은 2020년 대구국제공항의 군공항과 민항을 이전하면서 경북 군위군과 의성군 일대에 '대구·경북 통합 신공항'을 유치하기로 별도로 결의하였다.

2. 가덕도 신공항의 문제점

가. '가덕도 신공항법' 의 주요 내용

통상의 경우 신공항 건설은 공항 개발 사업의 절차를 규정한 '공항시설법' 에 따라 추진한다. 이 경우 입지 선정 등의 사전 절차 이행으로 준공까지 소요 시간이 장기화될 우려가 있어 특별법(가덕도신공항법)을 제정한다고 제정 이유[2]를 밝히고 있다.

그러면서 이 법은 건축법, 농지법 등 31개 항목에 걸친 인허가 등을 받은 것으로 보고(제11조), 기획재정부 장관은 국가재정법 제38조 제1항에 따른 예비 타당성 조사를 면제할 수 있도록 하였다(제7조). 또한 공사, 물품, 용역 등의 계약을 체결하는 경우에는 신공항 건설 예정 지역의 관할 및 인근 지방 자치 단체에 주된 영업소를 두고 있는 자를 우대할 수 있다(제18조)고 지역 기업 우대 조항을 두고 있다.

나. 예비 타당성 조사(이하 예타) 면제

국토교통부(이하 국토부)는 가덕도 신공항 건설을 안전성·시공성·운영성·환경성·접근성·항공수요·경제성 등 7개 항목 모두에서 부정적으로 평가한 분석 보고서를 법 통과 전인 2021. 2. 초에 국회 국토 교통 위원회에 제출하였다.

---

[2] 가덕도신공항 건설을 위한 특별법에 대한 국회 의안정보시스템에서 밝힌 제안 이유

특별법에서 예타를 면제한 것은 입법을 한 사람들이 봐서도 사업성이 없다는 얘기로, 예타 조사를 거쳐도 예산 낭비로 결론 나는 사업이 수두룩한데 예타를 면제한 것은 선거를 앞둔 선심성 포퓰리즘에 불과하다는 비판이 따른다.

부산시는 국내선은 김해에 그대로 두고 국제선만 가덕도로 이전하여 활주로 1본을 건설하는데 7조 5천억 원의 건설비가 든다고 하였으나, 국토부는 위 보고서에서 운영성 측면에서 국제선만 이전할 경우 항공기 운영 효율성이 떨어지고 환승객 이동 동선이 증가해 곤란하며 국제선과 국내선, 군 시설을 갖추어야 하고, 이 경우 사업비가 28조 7천억 원에 이른다는 추산을 하였다. 그나마 이 사업비에는 태풍이 휩쓸고 갈 때마다 유실된 흙을 다시 메우고 시설을 보수하는 데에 소요되는 비용은 제외한 것이고, 기후 변화에 따른 해수면 상승 문제도 고려하고 있지 않다.

지자체들이 신공항 유치를 강력하게 추진하는 것은 신공항의 수요 예측이 실패하더라도 손해를 보지 않기 때문이다. 공사비는 중앙 정부가 대고 지자체는 대규모 토목 공사로 인한 경제적 혜택만 누리고 막상 건설이 되면 운영은 지자체가 아닌 국토부와 공항공사가 하기 때문이다.

특별법을 제정하여 예타 면제 조항을 넣으면 국가의 법체계가 무력화되는 선례를 남기게 되고, 정치 공항으로 규정되어 사업의 정당성도 잃게 된다.

위 국토부 보고서에는 '특별법을 수용하면 공무원의 직무 유기에 해당할 수 있고, 성실 의무 위반 우려도 있다' 는 의견이 첨부되어 있다. 월성원전 경제성 평가 조작 의혹 사건 때에도 '책임 있는 자세'[3]를 가졌다가 공무원들이 구속된 경우가 있었다.

다. 입지 조건과 환경 문제

위 국토부 분석 보고서에 따르면, 신공항의 안전성과 관련하여 진해비행장과 공역 중첩, 인근의 김해공항 관제 업무 복잡 등으로 항공 안전사고 위험성이 크게 증가하고, 시공성 차원에서는 가덕도는 외해外海에 위치해 난공사, 대규모 매립, 부등침하(땅이 고르지 않게 침하하는 현상) 등이 우려되고, 환경성 차원에서도 대규모 산악 절취, 해양 매립, 환경 보호구역 훼손으로 환경 단체들의 반발이 예상되고 가덕도 동·서측 바다는 부산 연안 특별 관리 해역, 산림 유전자원 보호 구역 등으로 지정돼 공사에 제약이 따른다고 하였다.

부산시는 장기 침하가 50년간 35cm 진행될 거라 주장하나, 내해内海에 위치해서 가덕도보다 여러 조건이 더 나은 일본 간사이공항도 22년 동안 13m가 침하되었고 그 유지비만 10조 원을 넘었다고 한다.

섬(가덕도) 바로 안쪽에 부산 신항만이 위치하고 있어 근처로 빌딩 높이의 배들이 다닌다고 해양수산부에서도 반대한다. 활주로는

---

3) 2021. 2. 25. 문재인 대통령이 가덕도 인근 해상 선상에서 신공항 건설에 반대 의견을 내놓았던 국토부에 대해 "의지를 가져야 한다"며 사실상 질책성 발언을 하였다.

40m나 솟아있고 공항이 항공 모함이니 언더슛으로 아시아나기 샌프란시스코공항 사고[4] 보다 끔찍한 참사가 예상된다.[5]

신공항이 들어서는 곳은 가덕도 대항동(일명 새바지)으로 외해라 바람이 세고 태풍이 들어오는 길목이기도 하다. 거기에다 지형 보전 1등급 지역이 6곳, 녹지 자연 절대 보존 지역 3곳, 동백꽃 군락지와 낙동강 하류 철새 도래지가 있다.

위 특별법에도 환경 영향 평가는 면제되어 있지 않고 기존 법령에 따라 실시하여야 한다. 후속 조치에서 특히 환경 영향 평가를 철저히 시행해서 사업이 중도에 표류하지 않도록 해야 할 것이다. 환경 영향 평가가 제대로 이루어지지 않고 사업이 시행될 경우, 환경 단체들이 공사 중지 가처분 등 법적으로 또는 실력으로 공사를 저지할 것이 자명하기 때문이다.

만약에 환경 영향 평가를 형식적으로 마치고 토지에 대하여 보상을 하고 서둘러 사업을 시행하는 경우, 이미 막대한 금액의 토지 보상금은 지급하였을 것이고 환경 단체들의 방해에 부딪혀 공사는 진행하지 못하고 중도에 멈추게 되면 손해는 걷잡을 수 없이 커져서 30년째 공사 중인 제2의 '새만금 개발 사업'이 될 것이다.

4대강 사업에서 보아왔듯이 이 사업의 이득은 토목 등 건설업자와 토지 소유자에게 돌아가고 주민들에게는 별 영향이 없어, 일부

---

4) 2013. 7. 6. 인천공항을 이륙한 아시아나기가 샌프란시스코공항에 착륙하는 과정에서 고도가 낮다는 경고음을 받고 엔진 출력을 높였지만 이미 항공기가 양력을 잃었고 비행기가 원래보다 더 빨리 강하하며 활주로에 못 미쳐 방파제에 충돌한 사고로, 전체 탑승인원 307명 가운데 3명 사망, 182명이 부상한 사고이다.
5) 진중권, 고무신 대신 공항(2021. 3. 3. 자 중앙일보 26면)

조사[6]에서는 부·울·경 주민의 54%가 위 특별법에 반대하고 있다. 결국 이 사업은 투기를 조장하고 전 국토의 토건화를 불러올 수 있다.

라. 각 지방 자치 단체의 신공항 건설 요구

당장 대구경북 지역에서는 경북 군위군·의성군 일대로 대구국제공항을 이전해서 '대구경북 통합신공항'을 건설하겠다고 하면서 특별법 제정을 촉구하고 있다.

진주·사천 등 경남 4개 시군과 여수·순천 등 전남 5개 시군에서는 공동으로 '남해안 남중권 발전 협의회'를 구성하여 대한민국 제2 국제공항을 사천시 서포면에 건설해 동북아 허브공항으로 조성하겠다고 하고 있다.[7]

전북 지역에서는 군산공항을 옆에다 두고도 국제선이 없다며 새만금 개발지[8]에 '새만금국제공항'[9]을 추진해 왔고, 2019년 정부는 국가 균형 발전의 일환으로 새만금신공항 건설 사업을 예타 면제 대상 사업에 포함시켰으며, 이 계획대로라면 2024년 착공해서 2028년 준공 예정이다.

---

6) 2021. 3. 1. 디시인사이드, 가덕도신공항법 국회 통과 평가(총 응답자 500명)
7) 2019. 7. 2. 타임뉴스(최원협 기자) 송도근 사천시장은 사천이 본격 항공MRO사업을 시작하여 항공 우주 산업의 중심이 된 만큼 제2사천국제공항 건설은 우리나라 항공 산업의 기반을 다지는 확실한 대안이 될 것이라고 주장했다.
8) 새만금신공항 부지인 수라갯벌은 새만금에 남은 마지막 갯벌로, 멸종위기 야생동물들이 생존을 위해 모여들고 있는 곳이다.
9) 2021. 6. 22. 연합뉴스 '뜨거운 감자로 떠오른 새만금국제공항 건설, 찬반 논란 가열' 환경 단체는 새만금국제공항을 그린 뉴딜에 역행해 갯벌을 파괴하고 온실가스의 발생을 부추기는 반환경 정책이라고 목소리를 높이고 있다.

동남권신공항 부지 선정 과정에서 낙제점을 받았던 가덕도가 부산 시장 보궐 선거를 앞두고 '가덕도신공항법'이 제정되자 공항 불모지에 거주하는 충남도민이 술렁거리기 시작했다. 양승조 충남지사는 2021. 3. 29. 15개 시장·군수와 도청에서 충남 지방 정부 회의를 열고 "전국 광역 단체 중 유일하게 공항이 없는 충남에 하늘길이 열려야 한다. 서산신공항을 올해 안에 조기 추진해야 한다."라며 '민항 건설 조기 추진 공동 결의문'을 채택하는 등 전국이 신공항 건설로 들썩이고 있다.

전국에 인천공항을 비롯하여 이미 15개의 공항이 있지만 인천, 김포, 김해, 제주를 제외하면 모두 적자를 면하지 못하고 있고, 양양·울진 등 건설만 해놓고 운영도 하지 못하고 있거나 가끔 운행해도 고추 말리는 공항[10]으로 이용된다고 하여 예산 낭비의 전형으로 지적받아 왔다.

3. 가덕도 신공항의 대안

가. 사천공항

부·울·경 800만 명 인구만으로는 24시 관문 국제공항을 유지하기 어렵다. 여기에다가 대구경북 500만 명, 호남 500만 명, 대전[11]

---

10) 한때 무안국제공항은 '활주로에서 고추 말리는 공항'이라는 수모를 겪었다.
11) 대전 IC에서 사천IC까지 통영대전고속도로 이용 180km, 2시간 거리로 인천공항 가기보다 가깝다.(인천공항까지는 200km, 3시간 소요)

충남권 일부(약 200만 명)까지 모두 2시간 안에 도착할 수 있는 곳에 남부권 초광역 관문공항의 건설이 필요하게 된다.

이 경우, 중남부권에 이미 사천공항이 있다. 인근에 진주시, 여수·순천시, 광양만 공업 단지, 여수 공단이 위치해 있고 사천 IC 진입로에 바로 붙어 있어 교통망도 매우 유리하다. 통영대전고속도로, 남해고속도로, 호남고속도로, 광주대구고속도로, 구미마산고속도로, 순천완주고속도로, 익산장수고속도로 등 고속도로망이 촘촘히 얽혀져 있다.

여기에 24시 관문공항을 유치하려면 활주로 1본만 더 건설하면 된다. 천문학적인 비용도 절감하고, 환경 파괴 문제도 따르지 않는다. 그러면서 인천공항까지 가는 비용과 시간, 에너지 낭비, 수도권 교통 체증 유발 등 모든 문제는 일거에 해결할 수 있다. 대전 남부, 충남 일부 지역까지 사천공항으로 올 것이다. 양쪽 모두 거리는 비슷하나, 수도권을 통과하여 복잡한 인천공항을 가는 대신에 사천공항 이용이 훨씬 편리하다. 사천공항까지 바로 고속도로가 연결되어 불편함도 없다.

이러할 경우, 대략 2,000만 명 이상이 이용하게 될 것이고, 일본 오사카 간사이국제공항이나 대만(인구 약 2,300만 명) 타오위안국제공항과 비슷한 규모로 경쟁력도 있다. 화물의 경우에도 포항, 울산, 부산의 물량이 인천공항 가기보다는 배편 또는 육상으로 사천에 오는 것이 편리할 것이며, 인근의 광양만 제철 단지, 여수 공단에도 많은 도움이 될 것이다.

나. 기타 중남부권 신공항

기존 사천공항이 사천 IC 바로 옆에 있어 교통망이 우수하고 영호남과 모두 가깝고 바다를 끼고 있으며, 인구 30만 명의 진주시와 적당히 떨어져 있어 야간 운행도 가능하여 24시 관문공항의 우수한 입지를 두루 갖추고 있는 것은 사실이다.

하지만 사천만의 수심이 얕아 배의 운항이 자유로울 수 없는 점 등 장애 사유가 있다면, 사천시 곤양면과 서포면 일대 바다와 접하는 해안선을 따라 신공항을 건설하게 되면, 나지막한 야산을 깎아 고르기만 하면 되어 공사비가 적게 들고 바다를 끼고 있어 비행기 이착륙에도 문제가 없을 뿐 아니라, 남해 금산과 삼천포 와룡산이 막고 있는 내해에 위치해서 태풍이나 해일 등 재난에도 방패막이가 되는 등[12] 훌륭한 신공항 건설 후보지가 될 수도 있다. 가덕도 신공항보다는 천문학적인 비용의 절감을 가져올 수 있고 환경 영향 평가에서도 유리할 것이다.

그러나 국내선 사천공항을 두고 별도로 인근에 국제공항을 건설한다는 것은 사천공항과 공역이 중첩되어 항공 안전사고 위험이 증가하고, 환승객 이동 동선이 증가해 항공기 운영 효율성이 떨어지며, 피할 수 없는 환경 파괴 등 여러모로 무모한 예산 낭비가 될 수 있다.

부산항의 화물 처리량은 세계 6위로 세계 1위 상하이항과 경쟁 관계[13]에 있다. 그러나 김해공항의 화물 처리량은 인천공항의 20

---

12) 경남연합신문 2018.7.31. 사천국제신공항 유치 운동 취지문 참조

분의 1에도 미치지 못하고 있는 점을 고려할 때 사천공항은 화물 운송도 물론 취급하지만, 남부 광역권 여객 운송의 관문공항으로 특화된 역할이 필요하다.

4. 맺는말

가. 수도권 1극 체제 극복

수도권 집중 현상은 세월이 갈수록 더해 가고 있다. 세종특별자치시를 만들어 놓아도 공무원들이 국회, 주거지를 오가느라 수도권 교통 체증을 유발하는 비효율만 낳는 경향이 있고, 명문 대학의 지방 분산은 손도 대지 못하고 있다.

이 때 남부권 중심지에 24시 관문공항을 건설하게 되면 지방 일자리 창출을 통한 지방 균형 발전도 이룰 수 있고, 그만큼 수도권으로 집중되는 교통량도 분산하며, 시간과 비용 절감, 에너지 낭비 해소 및 대기오염 감소로 환경보호도 하게 된다.

지방에 관문공항이 건설되면, 일본의 경우 관동의 나리타공항 외에 관서 지방에 간사이공항이 있듯이, 국가 유사시에 인천공항이 폐쇄되어도 위기를 극복할 수 있는 대안 공항이 되기도 할 것이다.

---

13) 이일영, 가덕도신공항 논란 속 해법은(2020. 12. 3. 자 경향신문 29면)

나. 남부권 초광역 경제권 형성

서울·수도권 1극 경제 체제를 극복하기 위해서는 부·울·경 800만 명 연합만으로는 부족하고 대구경북, 호남권까지 아우르는 남부 초광역권 경제 협력 체제를 모색하여야 한다.

부산의 해운대 등 문화 숙박 관광 시설, 김해·창원 금관가야 문화권, 함안·고성·성주·고령 6가야 문화권, 거제·통영 한려 해상 문화권, 진주·산청·함양 지리산 문화권, 무주·거창·합천 덕유산·가야산 문화권, 남해 관광권, 여수·순천 관광권, 하동·구례 섬진강 고택 문화권, 남원 관광 단지, 벌교·보성·고흥 반도, 완도·진도 해상 문화권, 광주무등산 권역, 나주·영암·강진·영산강 유역권, 목포·홍도·흑산도 다도해 권역, 내장산·선운산 변산반도 권역, 전주·익산·군산 새만금 권역, 대구·팔공산 권역, 안동·영주 유교 문화권, 김천·구미·상주 내륙 문화권, 경주 고도 문화권, 포항·울산 동남해안권 등 남부권 전체를 아우르는 경제 문화 공동체를 형성하여야 한다.

이 지역은 수도권처럼 서울에 집중된 숙박지가 아니라, 부산·창원·진주·통영·여수·순천·목포·광주·전주·대구·경주·포항·울산 등으로 잘 발달된 고속도로를 따라 숙박하기 좋은 장소가 폭넓게 펼쳐져 있어서 한국을 방문하는 외국인들이 쾌적한 환경에서 숙박하고 관광하며 체험 답사할 조건이 훌륭하게 구비되어 있다.

이에 발맞추어 포항·울산·광양·거제 중공업, 구미·김천·전자 산업, 대구 공업 단지, 창원 공업 단지, 여수 공단, 광주 하남 공단 등이 유기적으로 부산항, 울산항, 여수항, 목포항, 사천항과 연결

된다면 남부초 광역권 경제 협력체를 형성할 수 있을 것이다.

이렇게 된다면, 각 지방 단체별로 우후죽순처럼 모두 공항을 만들어 달라는 민원도 사라지게 되어 지역 갈등도 잦아들게 될 것이고, 남부권역에 펼쳐져 있는 매력자원들을 잘 연결하여 궁극적으로 지방 균형 발전에도 큰 기여를 하게 될 것이다.

(2021. 6. 30.)

03
국민 통합을 위한 방안

1. 문제의 제기

이 주제는 매우 포괄적이고 광범위한 문제로서 인생관이나 세계관에 따라 접근법이 달라지는 유동적인 주제이기는 하나, 현재 우리 사회가 안고 있는 각 분야의 첨예한 대립을 생각해 볼 때[1], 해결방안을 도출해서 갈등을 해소해 나가야만 할, 심각한 주제이기도 하다.

우선, 국민이라고 할 때 외국인(산업 연수생 포함)은 기본적으로 논의에서 제외하도록 할 것이나, 다문화 가족은 점점 늘어나는 추세와 더불어 우리의 미래를 좌우할 2세들이 자라나고 있는 점 등을 감안하여 포함해서 검토하기로 한다.

---

[1] 수저 계급론, 헬조선, N포 세대 등 최근 탄생한 여러 신조어에서 알 수 있듯이 사회적 이동성이 낮아지면서 한국 사회는 불평등의 계급사회로 나아가고 있으며, 그것에 대한 저항으로 2016년 말 촛불 혁명, 2018. 6. 13. 지방 선거에서 보수당의 몰락을 가져왔다는 분석도 가능하다.

그렇게 하여 계층별, 세대별, 남녀 성별, 이념별, 지역별로 살펴보고 이어서 마지막으로 다문화 가족에 대하여 살펴본다.

2. 계층별 통합 방안

가. 계층에 대한 정의

계층은 다양한 의미를 내포하는 것으로, 모든 경우를 망라하여 구분 지을 수는 없으나, 소득이 많은 사람과 그렇지 못한 사람(노사 관계 포함), 교육을 많이 받은 사람과 그렇지 못한 경우, 빈부 차이 등으로 구분해 볼 수 있다.

나. 소득 격차에 따른 통합 방안

이 부분이 핵심적인 부분으로, 학력이나 업무에 따른 임금 격차를 줄여야 할 것으로 보인다. 회사의 경영진이나 사원 그리고 청소하는 직원까지 비슷한 보수 체계의 적용을 받도록 만드는 것이 중요하다.

회사를 경영하는 임원은 직원들에게 업무를 지시할 수 있고 보다 중요한 업무를 담당하기는 하나 모두의 협업으로 회사가 작동되는 것으로, 그 어느 하나 중요하지 않은 업무가 없다.

유럽의 경우, 공무원 고위직과 하위직의 임금 격차가 크지 않고, 연금은 그 차이가 거의 나지 않거나 같다. 회사의 경우, 직원도 배당을 받는 '이익 공유제' 의 도입이 필요하다.[2]

2016년 미국 대선 당시 민주당 후보자였던 힐러리 클린턴이 이익 공유제 확대를 공약 1호로 제시했을 정도로 미국에서는 일반적이다. 미국같은 주주 자본주의가 강한 나라들도 자진해서 도입하는 제도인데, 한국은 주주가 아니면 이익 배당을 못한다는 고정관념을 갖고 있다.

이익 공유제에서 말하는 종업원 이익 배당은 사실상 성과급과 같은 개념으로, 다만 임금 협상을 통해 성과급을 사전에 확정하는 것이 아니라 기업의 실적과 연동해서 지급한다는 점에서 차이가 난다.

이익 공유제는 기업의 성과를 적극적으로 종업원들과 나누겠다는 취지여서 공유 자본주의의 대표 사례로 손꼽히지만, 국내 기업들이 도입하지 못하는 것은 투명성에 대한 자신이 없기 때문이기도 하다.

이 이익 공유제는 경영이 악화되더라도 직원들을 해고하지 않겠다는 뜻이 되며, 적자가 나면 임금이 자동 삭감되기 때문에 구조 조정을 하지 않고 버틸 수 있게 되는 장점도 있다.

리베이트를 주지 않고는 사업하기 힘든 우리의 경우, 비자금 유혹이 있는 기업들이 자발적으로 이익 공유제를 도입하기는 어려우므로, 정부가 종업원 이익 배당에 세금 감면을 해주는 방식으로 이익 공유제 도입을 유도해 나가야 한다.

---

2) 바른경제동인회 박종규 회장, 2018. 5. 2.자 경향신문 〈사람과 사람〉

다. 학벌 사회의 지양과 통합 방안

우리 사회는 학벌 사회로 볼 수 있다. 그 많은 학원 등 사교육 시장의 융성은 말할 것도 없고, 아이가 태어나면 그때부터 좋은 대학에 들어가는 것이 목표인 것처럼 가정·사회가 돌아가며, 같은 도시 내에서도 학군이 좋은 곳이 집값이 가장 비싼 곳이 된다.

2007년 신정아 사건[3]이 터지고 학력 위조가 문제 되었을 때, 정상적인 사회 같으면 이 사건을 계기로 학벌 사회를 지양하고 능력주의 사회로 가자는 여론이 형성되었을 것이다.

그러나 당시 산속 절에 있던 주지 스님도 학력 위조를 고백하고, 유명 탤런트도 학력 위조를 고백하며 용서를 구하면서 학벌 사회를 더욱 공고화하고 말았으니, 이게 정상적인 사회라고 할 수는 없다.[4]

---

[3] 2007. 9. 신정아 전 동국대교수의 학력 위조 사건에 연루되어 변양균 청와대 정책실장이 함께 검찰 수사를 받은 사건

[4] 국민 대다수가 대학 교육을 받는 현재의 교육 제도(2010년 현재 대학 진학률 80% 이상)는 생산 노동력을 적절히 활용하지 못하고 청년 실업자를 양산하며 학벌 사회를 조장하는 바람직하지 못한 제도로, 이렇게 하여서는 '공정 사회'를 만들어 나갈 수가 없다.

고등학교부터 적성에 맞게 직업 학교로 가야 할 것이다. 대학은 그야말로 기초 과학 등 학문을 연구하는 곳으로 고교 졸업생의 20% 내외이면 충분할 것이고, 나머지 대학은 차츰 직업 학교로 바꾸어 나가야 한다.

그리고 그 이전에 우리 사회에 만연한 학벌주의를 타파해야 한다. 젊은이들이 흔히 말하는 일류 대학을 나오고 고시에 합격하거나 대기업에 취직하기만 하면 훌륭한 것이 아니고, 그들이 이 사회 발전에 얼마나 기여하느냐에 따라 평가되어야 할 것이다.

반대로 직업 학교를 졸업하고도 생산 활동의 최일선에서 열심히 근무한다면 응분의 대우를 받아야 한다. 오늘날 노조가 극한 상황까지 가는 이면에는 우리 사회에 뿌리 깊은 기술자 천시(賤視) 사상이 자리하고 있다고도 볼 수 있다.

지금 자라나는 청소년들을 공부의 굴레로부터 벗어나게 해주어야 하고, 전인 교육으로 심성을 순화시켜야 한다. 학교와 학원 등을 벗어나지 못하다 보니 스트레스는 해소할 길이 없고 약한 학생을 괴롭히거나, 욕설이나 비속어를 밥 먹듯 쓰며,

그렇다면, 대학 서열 체제를 해소하고 학생의 입시 고통을 완화하는 대입 제도를 수립하겠다고 한다면, 왜 대학 서열이 만들어지며 좀 더 서열 높은 대학에 입학하기 위하여 학생들이 그토록 입시에 매달리는지를 살펴보아야만 한다.

학벌이나 학력, 또는 직업에 따른 임금 격차가 큰 상황에서 학생들에게 자신의 적성에 맞는 직업을 선택하라고 할 수만은 없다.

국공립대 통합 네트워크 구축을 통해 공동 학위를 수여하는 방안이나, 학력 차별 금지법 제정, 노동이 존중되고 보호받을 수 있도록 하는 특성화고 지원 및 다양화, 블라인드 채용의 민간 기업에의 확대 등 관련 법령 제정을 통해 전 사회적인 학벌 사회 타파의 기반을 조성해야 한다.[5]

다음으로, 〈선취업. 후학습〉이 정착될 수 있는 입시 제도가 마련돼야 한다. 고등학교를 마치고 먼저 취업해 본인의 적성을 찾고, 나중에 필요에 따라 대학에 진학하는 사람들을 받는 것이다. 마침 문 대통령이 내놓은 청년 일자리 정책 중 〈선취업. 후학습〉이 포함되어 있다.[6]

지금 우리 교육은 인생 초반기에만 초점이 맞춰져 있다. 일본은 이미 수년 전 '이 전직 사 학습二轉職四學習'을 국가 비전으로 설정했다. 평생 두 번에 걸쳐 직업을 갖고 첫 취직 전과 두 번째 취직 전

더구나 기성 사회를 정의롭지 못한 부조리로 가득한 세상으로 보고 있다. 이렇게 자라서 어떻게 '공정 사회'를 만들 수 있겠는가. 공정 사회는 정치 지도자가 외친다고 만들어지는 사회가 아니다. (정준호, 2012. 6. 18. 국어문화학교 수료기)
5) 인천 산곡고 교사 이광국, 2018. 6. 19.자 경향신문 〈교육감 당선자에 부처〉
6) 서울대 교수 조영태, 2018. 4. 26.자 중앙일보 〈중앙시평〉

그리고 은퇴 후 등 네 차례에 걸쳐 공부함으로써 한층 보람있는 삶을 누리게 한다는 뜻이다. 우리도 고령화 사회에 맞춰 평생 교육 제도를 정비할 때가 왔다.

라. 경제력(빈부 차이)에 따른 통합방안

해방 후 농지 분배 정책[7]으로 신생 공화국은 평등 사회를 지향하였으나, 70년대 이후 산업화가 진행되면서 다시 빈부 격차가 심화되었는데, 그중 땅 투기 등 부동산 투기로 인한 불로 소득이 사회 전반에 큰 문제[8]로 대두되었다.

노동과 자본이 투입되어 발생되는 수익보다 토지를 보유만 해도 생기는 수익이 더 큰 사회경제 구조를 바꾸어야 하며, 창업을 해서 돈을 모으고 또 새로운 사업을 키우는 경제 선순환 구조가 되어야 하는데, 생산에 투자돼야 할 자본이 생산에 투자되지 못하고 고스란히 지대로 다 흘러들어 가고 임대료를 받아 돈을 벌고 있는 실정[9]이다.

근로 소득보다는 부동산 소유 격차에 따른 불평등이 더 큰 만큼,

---

[7] 1949년 농지 개혁은 수백 년 내지 천 년 이상 지속되어 온 지주·소작제를 없앤 역사적인 사건이다. 당시 남한 인구의 70%가 농업에 종사했으며, 전체 농지 중 3분의 2는 소작지였고 자작농 비율은 14%에 불과하였다.

[8] 윌리엄 보몰(W. Baumol), 임대료 등 지대 추구(rent-seeking)가 만연하면 그 사회는 곧 쇠퇴한다.

[9] 요즘 기업가들 사이엔 하루빨리 사업을 접고 대신 부동산에 돈을 묻어둔 채 세계 여행이나 다니며 편하게 사는 게 꿈이라고 한다. 지금 30대 그룹에는 883조 원의 사내 유보금이 낮잠을 자고 있다. 이 돈으로 빌딩을 사는 대신 연구 개발과 설비 투자를 하여 생산성을 끌어올려야 한다.(이철호 논설주간, 2018. 5. 2.자 중앙일보, 기업 팔아치우고 빌딩 사는 부자들)

부의 불평등을 완화하는 차원에서라도 종합 부동산세 등 보유세를 지금보다 더 엄격히 적용해서 자본 소득에 대한 과세를 강화할 필요가 있다.

한편, 2018. 6. 19.에 열린 2018 경향 포럼 〈삼만 불을 넘어 -더 나은 미래, 불평등을 넘어〉에서 조지프 스티글리츠 미 컬럼비아대 교수는 기조 강연을 통하여 "타인을 착취하여 이익을 얻는 것이 지대 추구 행위이며, 이 행위는 불평등을 심화시켜 민주주의를 약화시키고 결국 공동체를 붕괴시키므로, 한국 정부는 낙수 효과에 기대거나 시장에 과도하게 의존하지 말고 아래에서부터 경제기반을 탄탄히 쌓을 수 있도록 북유럽 국가들처럼 과세 및 분배 정책을 통해 불평등을 시정해야 한다."라고 설파했다.

최근 불거진 서울 서촌 궁중족발 사건[10]에서 볼 수 있듯이 임대인과 임차인간의 분쟁도 매우 크다.

소유주가 그 건물과 토지의 가치 상승에 기여한 바 없고, 재화나 서비스를 생산하지 않고도 이익을 얻을 수 있다면, 매달 꼬박꼬박 들어오며 세월이 지나면서 상승하는 지대에 눈 돌리지 않을 사람은 없다. 공공이 만들어 낸 지대를 건물주가 온전히 사유화하는 구조가 젠트리피케이션[11]을 부추긴다. 부동산 공화국의 지대 추구

---

10) 건물주가 월 임대료를 263만 원에서 1,200만 원으로 4배 이상 올리며 건물 명도 소송을 제기하여 12차례에 걸친 강제 집행 끝에 2018. 6. 명도 집행이 완료되자 임차인이 건물주를 향해 망치를 휘두른 사건

11) 원래, 낙후 지역에 외부인이 들어와 지역의 경제, 사회, 문화가 다시 활성화되는 현상을 뜻하지만 외부인이 유입되면서 본래 거주하던 원주민이 밀려나는 현상과 과정을 상징하는 부정적인 의미로 쓰인다.

사회가 낳은 불공정, 불평등과 양극화의 단면이다.

부동산 가격과 지대의 상승은 소유주의 노동의 산물이 아니라 정부의 정책이나 지역 공동체의 노력과 임차 상인의 땀이 만들어 낸 결과이다. 공공과 임차 상인 개개인이 만들어낸 가치가 토지나 건물의 가격 상승으로 이어진 것이기 때문에 소유자에게만 그 공간에 대한 사유재산권을 제한 없이 인정할 것은 아니다. 지대이익이 온전히 사유화되지 않도록 법으로 규제하고 개발 이익을 세금으로 환수해야 하며, 그래야만 지속 가능한 지역 공동체로 성장, 발전할 수 있다.[12)

3. 세대별 통합 방안

가. 경제 상황의 차이에 따른 갈등 해소 방안

부모와 자식 세대가 겪은 경제적 상황과 조건의 차이가 세대 갈등의 원인이 되기도 한다. 기성세대는 높은 경제 성장기에 직업을 구하고 경제 활동을 하면서 취직 걱정 없이 상대적으로 경제적 풍요를 누리며 능력과 노력 여하에 따라 계층 이동도 가능하였으나,

반면 신세대는 헬조선이라는 신조어가 나올 정도로 고용 없는 성장 시대를 살아가며 당장 취업이 어렵고 내 집 마련도 쉽지 않아, 부모 세대를 배타적 시선으로 바라보게 되고 남과 비교하며 자존

---

12) 고려대 법학 전문 대학원 교수 하태훈, 2018. 6. 19. 경향신문 〈하태훈의 법과사회〉

감을 잃고 살아가고 있으며, 열심히 노력하면 언젠가 잘 살 수 있다는 계층이동에 대한 희망도 사라지고 있다.

이러한 세대 갈등 이면에는 경제적 상황 변화에 대한 심리적 불안감이 자리 잡고 있으며, 세대 간 적대적 시선을 형성하고 나아가 상호 불신감을 일으켜 공동체를 붕괴시키고 있다.

비트코인 규제에 대한 2030 세대의 분노[13], 65세 이상 노인의 지하철 무임승차 문제, 임금 피크제 등에 이르기까지 세대 갈등은 정치, 경제, 사회 모든 분야에 걸쳐 확산되고 있으며, 기성세대는 부동산이나 주식 같은 불로 소득으로 혜택을 얻었으면서도 왜 우린 안 되냐고 분노를 드러내고 있다.

세대 간 갈등을 조금이나마 줄이려면 세대 차원이 아닌 사회 구조적인 관점에서 접근하여 일자리 정책을 포함한 복지 제도 개선 등 사회 안전망을 확충해 나가야 할 것이다.

나. 연금, 건강 보험료 등 고갈 문제

2030 세대는 국민연금을 불입하고는 있으나, 그 기금이 언제 고갈될지 알 수 없어 불입을 회피하려는 경향이 있어, 그 불안을 해소할 신뢰 있는 대책을 마련하여야 할 것이다.

공무원 연금의 경우도 신규 임용 직원은 기여금 납입 의무는 똑같이 부담하면서도 수령액은 국민연금과 비슷한 수준으로 개정되

---

13) 2017. 12. 국내에서도 비트코인 광풍이 불자, 정부에서 이를 사기 수단으로 판단하고 원칙적으로 거래를 금지하는 방안을 발표하여 비트코인 가격이 급락한 사건.

었으며, 그마저도 머지않은 장래에 연금 고갈이 예상되므로 연금에 대한 기대가 저조할 수 밖에 없다.

따라서 현재 연금 수급자의 연금액을 합리적으로 조정하여 연금 고갈이 오지 않도록 근본적인 개정[14]을 하여야 할 것이다.

건강 보험 재정도 본인 부담금을 그대로 두면서 수혜 범위만을 늘려나가다 보니 고갈이 예상되고 있으며, 이웃 일본의 경우 인구 노령화로 연 3조원 규모의 적자가 발생하고 있다.

건강 보험 재정이 붕괴될 것이라는 일본 의료계의 우려에 따라 연내에 장기 요양 보험 수가와 건강 보험 진료 수가를 환자 본인 부담으로 방향을 바꿀 예정이라고 한다.[15]

우리는 확실한 건강 보험 재정 조달 방안도 없이 이와 정반대 방향으로 국가 책임을 강조하며 오히려 보장성을 강화하는 〈문재인 케어〉로 가고 있으나, 연명 치료를 중단 할 수 있는 방안을 다각도로 마련하고, 연명 치료가 아닌 의미 있는 죽음을 선택할 수 있도록 각종 제도를 개선할 필요가 있다.

더불어 의료 보험이 모든 것을 감당할 수는 없으므로 본인 부담금 인상과 더불어 민영 의료 보험 제도도 적절히 잘 활용할 필요가 있다.

---

14) 2015년 공무원 연금 개정시 신규 임용 직원을 제외한 재직 공무원의 연 적립 비율을 현 1.9에서 1.7로 소폭 조정하는데 그쳤고, 그나마 퇴직 공무원은 적용되지 않았다.
15) 이병문 의료 전문 기자, 2018. 1. 8. 매일경제신문 〈사이언스〉

다. 세대 간 문화 차이와 갈등

기성세대는 자신의 감정을 억제할 줄 알아야 한다고 부모 세대로부터 교육을 받아왔고, 독재 정치의 부조리 속에서 정의를 외쳐야 한다는 양심의 갈등을 겪어왔다.

하지만 지금 홍대 앞 거리 문화는 무엇을 해도 이상하게 보는 사람이 없다. 이곳에서는 자신의 감정을 억제할 필요가 없고, 감추거나 꾸미지 않는 있는 그대로의 모습을 드러내고 있다.

하지만, 지하철 안에서 젊은 남녀가 껴안고 키스를 하고 있는 장면이나, 또는 어린 아이가 신발을 신은 발로 옆에 앉은 사람을 차거나 떠들어대도 아이 엄마가 방치하고 있다면 이것은 또 어떤가?

홍대 앞 문화적 개방구와 공공장소인 지하철 안과는 구분이 있어야 할 것이다. 이는 가정교육으로부터 시작되어야 하고, 아이에게 공부하라고 하기 이전에 무엇이 옳은 일인지, 또 남에게 폐를 끼쳐서는 안 된다고 가르쳐야 한다.

4. 남녀 성별에 따른 갈등과 통합방안

가. 남녀 성별에 따른 갈등으로는 출산 문제, 낙태 문제, 성매매 문제, 몰카와 미투 운동, 명절증후군 등으로 나누어 살펴 볼 수 있다.

나. 출산 문제
지난 1년간 총 출산 인원이 40만 명[16] 밑으로 떨어져 심각한 사회 문제로 대두되면서 정부의 '저출산 정책(저출산 기본 계획)'이 도마에 오르고 있다. 우선 명칭부터 '출산율 제고' 또는 '저출산 방지' 정책으로 바꾸는 게 맞다.

여성가족부에서는 보건복지부의 출산 정책이 여성을 인구 정책의 대상·수단으로만 다루고 있어, 여성은 당연히 출산해야 하는 존재라는 전제를 반영한 것으로 성평등 관점에서 문제가 있는 정책으로, 일차적인 임신·출산 지원에서 한발 더 나아가 남녀 생애주기 전반의 재생산과 관련한 건강권 증진 대책을 마련하여야 한다고 주장하면서 정부 정책에 대한 개선 목소리를 내고 있다.

그 대책으로 난임 부부를 위한 맞춤형 상담 가이드라인을 개발하고, 여전히 법률혼을 전제로 한 정책을 보완해서 아이를 둔 사실혼 관계의 부부나 미혼모도 행복 주택 등 신혼부부 주택 지원 혜택을 받을 수 있으며, 동거 부부의 아빠가 육아 휴직을 쓸 수 있어야 하는 등 비혼출산에 대한 부정적 인식을 개선해야 한다고 제안했다. 실제로 북유럽. 프랑스 등 혼외 출산이 많은 선진국이 출산율[17]도 높게 나타나고 있다.

한편, 출산에만 매달릴 게 아니라 일본처럼 자동화와 인공지능, 로봇 기술 등 생산 인구 감소와 고령화에 대응하는 정책을 함께 펼 필요가 있다. 요즘 대다수 청년은 왜 아이를 낳아야 하느냐고 질문

---

16) 1960년 1,080,000명을 최고점으로 시작해서, 1980년 862,000명, 1990년 649,000명, 2000년 634,000명, 2005년 435,000명, 2016년 406,000명, 2017년 357,000명(출산율 1.05명)으로 처음으로 30만대로 떨어졌다.
17) 출산율이 2.0명으로 OECD 국가 중 상위권인 프랑스는 58.5%(2016년)가 혼외 출산이며, 우리의 혼외 출산(2014년)은 1.9%에 불과하다.

한다. 취업난이 사라지고 차가 덜 막히며 오염 배출이 줄어들며 집값이 내려가면 더 좋은 것 아니냐고 묻고 있다.[18]

앞으로도 출산은 늘지 않을 것으로 보여 정책을 전면 재설계할 필요가 있다.

다. 낙태 문제

현행 형법이 낙태를 불법으로 규정하고 있어 낙태 시술이 불법적. 음성적으로 시행되고 있으므로 여성의 생명권과 건강권, 임신. 출산을 자유롭게 결정하는 권리가 침해받고 있다고 주장하고 있다.

2010년 보건복지부 조사에 따르면 한 해 16만 8,738건의 낙태가 이루어졌으며, 가임기 여성 2,000명을 조사했더니 21%(422명)의 낙태 경험자가 있다는 한국 형사 정책 연구원의 발표가 있다.

2016년 25명이 낙태죄 위반으로 재판을 받았고, 이 중 15명이 징역형을 선고받는 등 낙태할 수밖에 없는 상황에 놓인 여성들은 생명을 걸고 불법 시술을 받거나 해외로 나가야 하며, 과도한 법 때문에 여성들이 범법자가 되고 있다.

심지어 여성이 이혼을 요구하는 경우, 남성이 여성의 과거 낙태를 고발해 복수하는 사례까지 있다고 한다.[19]

한편, 주무부처인 법무부는 "태아의 생명 보호는 매우 중요한

---

18) 박현영 중앙 선데이 차장, 2018. 3. 29. 자 중앙일보 〈앞으로도 출산은 늘지 않는다〉
19) 이에스더 기자, 2018. 5. 23. 자 중앙일보 〈다시 불거진 낙태죄 논란〉

공익으로, 낙태를 막기 위해서는 형사처벌이 불가피하다."라고 하고 있으며, 이 사안은 헌법재판소에서 현재 심리 진행 중이다.

라. 성매매, 미투 운동과 몰카

국가에서 성매매를 불법으로 금지하고 있기는 하지만 음성적으로 깊숙이 퍼져나가 아직도 성매매를 하는 여성이 많을 것으로 추정하고 있다. 이 여성 중 그 누구도 초등학교 시절에 그런 직업을 꿈꾸지는 않았을 것이고, 안정적인 직업을 갖기 어려운 여성들이 꿈도 희망도 없는 곳으로 내몰리게 되었을 것이다.

학교 행사에서 화장을 진하게 한 초등학교 소녀들이 노출이 심한 드레스를 입고 자극적인 춤을 추라고 교사들로부터 요구를 받았다면, 소녀들은 어린 나이부터 사람들의 주의를 끌도록 성적으로 유혹하는 역할을 해야 한다고 생각하도록 훈련된다는 느낌을 받았는데, 그 뒤 지하철에서 화장을 하는 여성들을 보면서 그러한 규범의 영향이 널리 확산되는 것을 두려워하게 되었다.[20]

지난해 말 최영미 시인의 '괴물'이라는 시 발표와 올해 초 서지현 검사의 성추행 미투 운동을 시작으로 각계각층에서 전국적으로 미투 운동이 확산되고 있다.

한국 남성은 아직도 성희롱을 정상적이고 당연한 행동으로 착각하며, 자신들이 여성을 억압하고 있다는 사실을 이해하지 못한다.

---

20) 임마누엘 페스트라이쉬 지구 경영 연구원 원장, 2018. 3. 30. 자 중앙일보 〈임마누엘 칼럼〉

그들에게 미투 운동은 맞춤한 기상 알람으로, 한국 사회에서 자주 발생하는 은밀한 혹은 노골적인 성희롱은 사라져야 한다. 검찰의 고위 관료와 사회 각계의 유명 인사들이 고발되어 있는데, 이는 그들의 동료에게 영향을 줄 것이다. 지금 벌어지고 있는 미투 운동은 훗날 한국 사회의 진정한 민주화의 출발점으로 여겨질 것이다.[21]

여성들이 지하철, 화장실 등 공공장소에서 몰카 범죄에 많이 노출되어 있다. 평소에 경찰의 무성의한 수사와 지연 수사, 조사 과정에서 또 상처를 입게 되는 2차 피해는 물론, 검찰의 낮은 기소율, 법원의 비교적 관대한 처벌과 높은 무죄율로 불신이 높은 상태에서, 성범죄 관련 법률 12개 중 10개는 여전히 국회에서 처리되지 않고 있다.

이런 차에 홍대 미대 누드 촬영사건이 발생하였는데, 마침 가해자인 여성이 비교적 빠른 시일에 구속되자 성차별 수사라며 젊은 여성들이 강하게 저항하고 있다.

지난 5. 19.에 이어 6. 9. 집회측 추산 2만 2천 명이 참석한 집회가 대학로에서 있었고, 7. 7. 제3차 집회에는 3만 명 이상이 모일 것으로 추측되고 있어, 여성 단일 집회로는 최대의 집회로 예상되고 있다.

평소 불법 촬영(몰카)에 분노한 젊은 여성들은 몰카 판매를 규제할 것과 여성 경찰 인력을 늘리라고 요구하며, 남성들에 대하여 강한 반감을 보이고 있다. 집회 현장에 남성들이 참석하거나 촬영하

---

21) 기 소르망 프랑스 문명 비평가

는 것에 대하여 강한 거부감을 보이며, 한국 남자들을 '한남'으로 비하하고 있다.

그동안 경찰 수사와 재판에서 미온적이지는 않았는지, 또는 여성들을 성적 대상으로만 보지는 않았는지 반성할 부분이 많을 것이다.

마. 명절 증후군

설, 추석 명절만 되면 2천만 민족 대이동이 시작된다. 차가 막히거나 밀려서 도로에서 고생하기도 하고, 가족이나 주위 친척들로부터 결혼을 종용하는 말을 듣거나 애 언제 낳느냐고 잔소리를 듣기도 한다. 그 외에도 음식 장만하느라 또는 설거지 하느라 허리 아프게 고생하며, 기타 보수 얘기라든지 생활 형편 얘기로 기분을 상하게 되기도 한다.

그러나, 이 명절은 우리가 힘들게 사는 과정에서 생의 활력소가 되라고 만든 것이지 그 어떤 의무를 다하라고 생겨난 것은 아니다. 언제까지 이 후진적인 민족 대이동을 계속할 것인가. 부모님을 뵙고 친척을 만나는 것은 생신이나, 제사 또는 결혼식 등 일상생활 속에서 이루어져야 할 것이다.

5. 이념 갈등과 통합 방안

가. 가치관과 신념 체계의 차이로 인한 갈등

우리 사회는 시각 차이, 즉 가치관의 차이에서 오는 갈등으로 인하여 많은 사회적 비용을 지출하고 있다. 지난 대선 과정에서 불거진 원전 안전성 문제에 대한 논쟁으로 건설 중인 원전을 수개월씩 공사를 중지시켜 막대한 손실을 가져오게 하기도 하였다.

개발과 보존 사이에서도 갈등은 지속되고 있다.

절터에 화려하고 거대한 새로운 건물이 들어서면 원형을 잃어버린 건축에 놀라게 되기도 하고, 경주 월성 왕궁 지구를 복원한다고 하지만 현재의 기술력과 문화재에 대한 인식 정도에 비추어 볼 때 졸속 복원이 우려되기도 한다.

양심적 병역 의무 이행 거부[22]와 대체 복무 제도[23]는 오랫동안 논의되어 왔지만 아직도 법원의 하급심 판결은 엇갈리고만 있고 사회적인 논의도 가닥을 잡지 못하고 있다.

노후 원전의 폐쇄나 신규 원전 건설 중단의 문제는 더 신중하게 결정하여야 할 사안으로, 건설 중단으로 인하여 석탄으로 화력 발전을 하여야 한다면 탄소 배출 증가와 함께 미세 먼지를 증가시킬

---

22) 해마다 약 500여 명의 입영 거부자가 발생하고 있고, 2018. 6. 29. 현재 병역 거부 혐의로 재판에 계류되어 있는 사람은 966명이며, 지난해까지 양심적 병역 거부로 형사처벌 받은 사람은 2만여 명에 이른다.
23) 2018. 6. 28. 헌법재판소는 양심적 병역 거부자에 대하여 대체 복무제를 규정하지 않은 병역법 조항은 헌법에 어긋난다고 헌법 불합치 결정을 하면서, 안보 상황이나 사회 통합 문제 등을 종합적으로 고려하였다고 밝혔다.

것이며, 우수한 원자력 기술 인력 확보를 위해서도 신중히 대처해야 할 것이다.

물론, 그와 더불어 비용이 많이 든다고 하더라도 재생 에너지 개발의 속도도 높여 나가야 할 것이다.

나. 환경 문제

우리가 직면한 가장 큰 문제는 환경 문제로, 이는 우리 사회 내에서도 논란이 계속되고 있지만, 다음 세대를 위해서도 매우 심각한 문제이다.

북태평양과 하와이 제도 사이에 위치한 남한 면적의 16배(160만 km²)에 달하는 거대한 쓰레기 더미는 해류에 따라 움직이며 점점 더 커져가기만 하고 있으며, 잘게 부서진 플라스틱 조각은 물고기의 뱃속으로 들어가 결국 우리 입으로 들어오고 있다.

스페인 남부 해안에 떠내려 온 고래의 사체에서 플라스틱 29kg이 발견되고, 노르웨이 해안에 떠내려온 고래의 위장에는 30개의 플라스틱 봉투가 꽉 차 있었다고 한다.

구제역, AI 조류 독감 등으로 살처분된 동물은 침출수를 통하여 전국의 토양과 지하수를 오염시키고 있고, 경작지나 골프장 등에서 흘러나온 농약도 마찬가지이다.

이 환경 오염의 문제는 모두가 합심하여 1회용 플라스틱 봉투의 사용을 줄이고, 1회용 젓가락, 종이컵 등 주변의 작은 것부터 사용을 줄여 나가야 한다.

한편, 제작 회사에 대해서는 환경세를 부과하고, 주류뿐만 아니라 음료수 병에 대해서도 회수를 위하여 보증금을 부과해야 한다. 즉, 지구 환경을 위하여 좀 불편하게 살아갈 용기를 내어야 할 것이다.

지난 3월에 타계한 고 스티븐 호킹 박사는 지구 온난화에 대하여 "위험을 되돌릴 수 없게 되는 티핑 포인트tipping point에 가까이 와 있으며, 때가 되면 지구는 섭씨 460도의 고온 속에 황산 비가 내리는 금성처럼 변할 수 있다."라고 경고한 바 있다.

다. 종교 갈등

우리 사회는 종교의 자유가 허용되고, 국교가 별도로 없으며, 실제로 다양한 종교가 널리 퍼져 있다. 그에 따라 종교간 갈등도 있어 왔고, 어떤 면에서는 그 갈등이 국민 통합을 저해하는 요소로 비추어지기도 하였다.

하지만 수년 전부터 천주교와 불교의 공동 행사 등을 통하여 종교간 화해와 상생을 도모하며 갈등을 다소 누그러뜨려 왔는데, 여기에는 성숙한 시민 의식이 큰 몫을 했다고 보여진다.

하지만 일부 종교의 열렬 교인들의 막무가내 행동은 아직도 사회에 어두운 그림자를 드리우고 있다.[24]

---

24) 2007년 분당 샘물교회 일부 열렬 신도들은 온 국민이 말리는 가운데서도 기어코 전쟁 중인 아프카니스탄에 입국하여 선교 활동을 벌이다가 탈레반에게 사로잡혔으며, 이에 교회에서는 국가가 인질을 구해주지 않는다고 비난한 사건. 여기에서 우리는 '이 열렬 신도들이 더 폭력적인가 탈레반이 더 폭력적인가'를 다시금 생각해보게 된다.

6. 지역과 지역, 지역과 중앙의 갈등에 따른 통합 방안

가. 지역과 지역의 갈등

어느 나라를 막론하고 지역 갈등은 있지만, 우리의 경우는 특히 심했다고 볼 수 있다. 호남과 영남, 충청, 강원 등 지역 민심이 모두 달라서 각종 선거에서도 그 특징이 나타나곤 하는데, 특히나 호남과 영남은 그 정도가 심해서 각종 차별론이 등장하기도 하였다.

그런 가운데 대구 - 광주 '달빛 동맹'이 국민 통합 모델로 떠오르고 있다. 달빛 동맹이란 대구의 옛 명칭인 '달구벌'과 광주의 옛 이름 '빛고을'의 앞글자를 따서 만들어진 신조어로, 3차원 입체 영상 융합 산업, 전기 자동차, 의료, 신재생 에너지 4개 분야에 대한 협력 방안을 구체화하는 전략적 제휴를 맺고 있다.

2013년부터 매년 지속적으로 교류를 해 오고 있으며, 올해 1월 광주에 눈이 많이 내리자 제설 공조를 통하여 대구 제설 지원단이 광주로 와서 1박 2일 동안 제설 작업을 해 주기도 하였다.

한편 '달빛 야구 제전' 등 각종 스포츠 교류를 해오고 있으며, 농업 경영인 교류 사업으로 농업 정보 기술을 상호 교류하여 농업인 소득 증대와 기술 향상을 꾀하고 있다.

특히, '달빛 오작교'를 통한 청소년들의 만남과 역사 · 문화 교류 체험은 두 지역의 젊은 세대들에게 화합의 장을 만들어 뜨거운 주목을 받기도 하였다.

나. 지방 자치와 지역 이기주의

그동안 지방 자치의 시행에 따른 정책의 혼선, 국가 사업에 대한 지방 자치 단체의 비협조 또는 저항, 예산의 비효율과 낭비, 자치 단체간 경쟁과 마찰, 극단적 이기주의로 말미암아 우리 토양에 적합하지 않다는 목소리도 많았지만, 현 정부는 지방 분권을 강화하여 나갈 것으로 보인다.

한편, 계속된 인구의 수도권 집중은 국토의 균형 발전을 저해하고, 각 지방 자치 단체의 인구 감소[25]로 이어졌다.

각 지방 자치 단체는 노인의 무상 복지나 도로, 교량 건설 등 당장 눈에 보이는 치적을 쌓는 데 집중할 것이 아니라, 더 이상의 인구 감소를 막고 지역의 지속 가능성을 5년 혹은 10년이라도 더 늘리기 위한 방안[26]을 마련하여, 지방 소멸을 막고 청년들이 희망을 갖고 살아나갈 일자리 창출에 전념해야 한다.

지방 자치제 시행과 더불어 더욱 극성을 부린 지역 이기주의는 폐기물 처리 시설, 화장터, 하수 처리장, 교도소 등 혐오 시설 설치의 회피로 이어져 많은 사회적 문제를 야기하고 있다.

교도소 시설이 부족하여 수형자들이 다리 뻗기도 힘든 과밀화[27]된 공간에서 생활하면서 냉방 및 급수 부족으로 열사병으로 사망하는 경우도 발생하는 등 수용자들의 건강이 위협을 받고 있다.

---

25) 전국 226개 기초 지자체 중 51개 지자체가 인구 5만 명 미만이다.
26) 서울대 인구학 교수 조영태, 2018. 6. 21.자 〈중앙시평〉
27) 2015. 11. 기준 서울구치소의 수용률은 136.3%(100명 수용 공간에 136명이 있다는 의미)로, 수용자 1인당 할당 면적은 1.24㎡(0.37평)이다.

화장율[28]은 지난 30년간 급격히 증가하였지만 화장장[29] 부족으로 향후 곤란이 예상된다. 노인 인구의 증가와 더불어 사망 인구가 늘어날 것을 대비하여 더 많은 화장장 건립이 필요하며, 특히 인구가 집중된 수도권에서 문제가 더 심각하다.

7. 다문화 가족

다문화 가족이란 결혼 이민자와 한국인으로 형성된 가족을 말하는 것으로, 2016년 현재 96만 명 정도이며, 매년 늘어나고 있다. 이 중에는 결혼 이민자가 약 32만 명, 그들의 18세 미만 자녀가 약 20만 명이 각 포함되어 있다.

한 해 총 혼인 건수 330,000건 중 외국인과 혼인 건수가 33,000건을 초과하여 10% 이상을 차지하고 있는 점을 감안하면 그 숫자를 결코 가벼이 볼 수만은 없는 상황이다.

2008년 제정된 '다문화 가족 지원법'은 다문화 가족 구성원이 안정적인 가족 생활을 영위하도록 지원하여 이들의 삶을 향상시키고 사회 통합에 기여하기 위하여 마련된 법률로, 다문화 가족에 대한 사회적 차별 및 편견을 예방하고 문화적 다양성을 인정하며 존중할 수 있도록 교육과 홍보를 해야 한다고 규정하고 있다.

---

28) 1980년대 화장율이 10% 미만이었으나, 2016년 83%로 늘어났다.
29) 2018년 현재 화장장 58개소, 화장로 335로

결혼 이민자 및 이들의 자녀가 우리 사회에 잘 적응하도록 그들의 종교, 문화를 인정해 주고 그 다양성을 존중하여 국민 통합을 이루어나가야 한다.

한편, 현재 3만 명 이상으로 추정되는 북한 이탈 주민은 통일을 대비하여 더욱 중요성을 띠고 있다. 이들이 우리 사회에 적응하여 성공적으로 살아간다면 북한 주민들이 그것을 보고서 남한 사회를 긍정적으로 평가하게 될 것이나, 그들이 잘 적응하지 못하여 다시 북한으로 돌아가길 원한다면 북한 주민들은 남한 사회를 좋게 생각하지 않을 것이며, 따라서 북한 체제의 변화를 가져오기도 어려울 것이다.

8. 맺는말

가. 교육 제도의 개선과 임금 격차 해소

위에서 여러 가지로 구분하여 살펴보았으나, 우리 사회의 각종 모순을 극복하고 국민통합을 이룰 방안은 그 기본이 교육 제도에 달려 있다고 본다.

우리는 가정에서나 학교, 사회에서 인성 교육의 기회가 많지 않다. 현재의 과도한 입시 위주의 교육을 지양하여 국민 통합을 이루어 나가야만 한다.

그러기 위해서는 좋은 대학을 졸업하고 선망하는 직업을 갖든, 직업 학교(또는 고등학교)를 졸업해서 산업 현장에 근무하든, 그 임금 격차가 크지 않도록 해야 한다.

우리 사회 구성원의 임금 격차를 줄이기 위한 현 정부의 '소득 주도 성장'은 바람직한 방향이기는 하나, 최저 임금의 급격한 인상 (최저 임금 시급 1만원 자체가 목표가 될 수는 없기에) 같은 정책의 단편적이고 급진적인 시행은 많은 아쉬움을 남긴다.

먼저, 직급에 따른 공무원 임금[30]의 격차를 단계적으로 줄여서 공공 부문에서 모범을 보인다면, 기업 등 사회 전반으로 유도 효과를 볼 수 있을 것이다.

부유한 사람들의 기부나 대기업의 낙수 효과[31]를 기대하는 미국식 모델보다는, 과세 및 분배정책을 통해 불평등을 시정하는 북유럽 모델로 나아가야 한다.

그 다음으로는 평생 교육을 진흥해야 한다. 인생 초반기에 유치원 교육부터 시작해서 20년씩이나 한꺼번에 할 것이 아니라, 생애 주기마다 적정한 교육을 받을 수 있는 시스템을 만들어야 한다.

공무원이 60세에 퇴직을 하면 40년[32]을 더 살아야 하는데, 일거리 없이 소일할 수는 없다. 그러기 위해서는 맞춤형 교육 제도가 정비되어야 한다.

---

30) 공무원 임금은 1980년대까지는 인상에서 대체로 하후상박의 원칙이 지켜지고 있었으나, 그 이후로 점점 임금 차이가 커져서 현재 그 정점인 대통령과 9급 공무원의 임금은 10배 이상의 격차가 나고 있는바, 그 차이를 3배 이하로 줄여도 가능하다고 본다.
31) 물이 위에서 아래로 떨어지듯이 대기업이 성장하면 대기업과 연관된 중소기업이 성장하고 새로운 일자리도 많이 창출되어 서민 경제도 좋아지는 효과.
32) 100세 인생, 2018. 2. 세계보건기구(WHO)는 한국인의 기대 수명이 남녀 모두 세계 1위라고 밝혔다.

다음으로, 사회 교육을 들 수 있다.

남성은 군대 입대 기간 중 현재와 같은 병역 의무 이행만 할 것이 아니라, 충분한 인성 교육의 기회를 제공하도록 하고, 여성의 경우도 6개월 정도의 기간을 정하여 양로원, 고아원 등에서 봉사 활동도 하고, 문화유산 답사 겸 명산과 국토를 순회하며 자연과 접하고 명상의 기회를 갖는 등 교양 있는 시민교육을 할 필요가 있다.

양심적 병역 거부자[33]나 신체상 병역 면제자도 군입대 대신에 산업체 근무, 사회봉사 등 대체 복무의 길을 열어 나가야 한다.

나. 지속 가능한 사회 구현

국민 통합을 이루려면, 지금보다 더 편안한 사회를 만들어야 한다.

탈북민들이 말하고 있는 북한이 남한보다 좋은 10가지 중에는

1. 밤에 별이 잘 보인다.

2. 이웃과 친하게 지낸다.

3. 아날로그적이다.

…

9. 아이 키우기가 더 좋다.

10. 시력이 좋다.

(그 사이에는) '경쟁이 적다, 순수하다, 김치가 더 맛있다, 농수산

---

33) 무기를 드는 것을 거부하거나 모든 형태의 군사 훈련과 군대 복무를 거부하는 사람으로, 대부분이 종교적 양심과 관련이 있다.

물이 신선하다, 학창시절 쉬는 시간을 활동적으로 보낸다' 등이 들어 있는데, 이것들을 잘 살펴보면 우리 사회가 나아갈 방향이 보인다.

각종 연금 개혁, 복지 체계의 효율적인 개편, 상식에 맞는 건강 보험료 부과(체계 개선), 종교인 과세를 포함한 투명하고 공정한 세금 징수의 문제를 해결하면 우리는 신용 사회로 나아갈 수 있으며, 그에 따라 사회 전반이 모범을 보이면 노동 시장의 유연성, 합리적인 구조 조정 등 경제는 따라 오게 되어 있는 것이다.[34]

즉, 사람은 희망이 보이면 기득권을 포기할 수도 있는데, 그렇지 못하면 파국이 오는 그 순간까지 주위에는 아랑곳없이 자기 몫에만 집착하게 된다.

중국의 지식인들은 우리의 나날이 발전하는 민주주의를 매우 부러워하여 왔고, 최근에 급격히 사라지고 있는 '남아 선호 사상'을 신기한 눈으로 보고 있다.

중국발 미세 먼지가 우리에게 많은 영향을 미치고 있다고 하여 공해를 줄이라고 강요하기는 어렵지만, 우리가 석탄 발전을 중지하고 전기 자동차 사용을 의무화하거나, 또는 단열 규제를 모든 신축 건물에 적용하는 등 모범을 보인다면, 그들은 우리의 좋은 정책을 따라 할 것이다.

우리 사회의 불합리하고 불공정한 면을 투명하게 개선하여, 사람들이 좀 더 편안하고 조화로우며 개성 있는 삶을 살아갈 수 있는,

---

34) 정준호, 2015. 5. 〈공무원 연금 등 개혁 방안〉

지속 가능한 사회를 만들었으면 좋겠다.

(2018. 7. 3.)

※ 이 글은 2018. 7. 6. 서울대 행정대학원 국가 정책 과정(ACAD) 86기 발표문임.

법조 2018. 8.(통권 730호)에 실린 글임.

회식

불판에 고기가 꽃처럼 피면
흰 버섯엔 몽글몽글 이슬이 내려앉네
白花에 싼 赤花 한 입
마주 앉은 얼굴에도 꽃이 피네

넷째 마당

근무한다는 것

희망을 가져 봅니다.
열악한 근무 여건과 대우, 또 수많은 노고에 대해서
얘기하자면 끝이 없습니다.
그 처우와 노고, 모두 헤아림 받아 마땅할 것인데.
우리 법원 가족 모두가 관심을 가져준다면
차츰 개선되리라는 희망을 늘 간직하면서 살고 있답니다.

01
불량 민원인

막무가내로 하겠다는 본인 등기 신청을 어떻게 할 것인가? 자기 이름자도 겨우 쓰면서 그 복잡한 상속 등기 신청서를 직접 작성할 것이니 제출할 서류를 일러 달라고 한다. 제출할 서류는 그 서류 내용에 따라, 거기에 따른 후속 서류 제출 여부가 결정되는데, 한꺼번에 말해주지 않아서 여러 번 오게 만든다고 불평을 한다.

신청서와 부속 서류의 작성 견본을 비치해 놓았으나 직원의 도움 없이 그것만을 보고 작성할 수 있을 리가 만무萬無하다. 결국 짧게는 수일, 경우에 따라서는 한 달 이상 걸린다. 신청서 작성 수수료(통상 20만원 내외)를 절약하고자 하는 마음은 알겠지만, 본인 신청에 따른 손실도 발생할 수 있다. 등록세, 주택 채권 매입 과정에서 각종 세법상 감면 규정이 있을 수 있는데, 그 세부 규정의 존재를 몰라서 혜택을 받지 못할 경우가 발생한다. 따라서 본인 등기 신청이 가능한 것은 이러한 감면 규정이 없이 정액 등록세를 납부하는 주소변경등기 등 각종 부기 등기 또는 근저당권 말소 등기 정도라고 보면 무방하다.

등기 업무 외에도 법원에는 소송 관계인 등 각종 민원인이 많이 찾아온다. 시비를 걸려고 작정하고 관공서에 찾아오거나 자기 주장만 하고 막무가내인 골치 아픈 민원인을 고질 민원인, 악성 민원인, 특이 심리 민원인 등으로 부르고 있는데(순화된 용어로는 '관심 민원인'이라고 표현한다.), 한마디로 '불량민원인'이라고 할 수 있다. 민주화와 더불어 나타난 이 현상은 단기간에 호전될 기미가 보이지 않고 더욱 심화되고 있을 뿐이다.

이와 관련해서 직원들에게 바라는 것은 민원인이 원하는 것이 무엇인지 정확하게 파악해서 제대로 된 대응을 성심껏 해주기를 바랄 뿐이다. 말하는 내용에서 더 나아가 진정으로 무엇을 원하는지 알아내야 할 것이다. 의도하는 바에 따른 정확한 신청을 못했을 때 나중에 가서는 바로 잡지 못할 경우가 발생하고, 결국에는 불량민원인을 양산量産하는 경우가 될 수도 있음이다. 이와 아울러 도민의 성숙된 언행을 기대해 본다. 마침 올해 부임하신 김명수 법원장님께서도 사법에 대한 관심을 넘어 감시를 요망한다고 말씀하신 바 있다. 품위를 유지한 따끔한 지적으로 제대로 공직을 견제해야 할 것이다.

사람은 일처리를 효율적으로 잘 해냄으로써 성취감을 맛볼 수 있으며, 구성원으로서 능력을 인정받을 때 보람이 있게 된다. 그렇지 못하고 불량 민원인을 만난다든지, 민원 처리 과정에서 진정을 받거나 불친절 카드를 받는 직원들은 무력감에 빠져들게 되는데, 이것이 가장 큰 걱정이다. 이 무력감이 직원들을 소극적으로 일처리를 하게 만들고 심지어 우울증에 걸리게 하며 사무실을 침울한 분위기로 만들어 버리기도 한다. 그래서 진정을 받아도 가능한 직원들에게 불이익을 주지 않고 격려하려고 애써 본다. 또 여유를 가지고 민원인을 맞을 수 있도록 민원 부서 업무를 조금이라도 줄여 주기 위해 노력해 보기도 하지만, 그것도 한계가 있어 고민은 깊어지기만 한다.

현재 우리 사회는 각계각층에서 터져 나오는 불만으로 파탄 직전에 처해 있다. 도덕도 양심도 없어 보이기까지 한다. 나만 큰소리치고 떼쓰고 손해 안 보면 된다. 막무가내 큰소리치는 고집불통 민원인의 행동은, 뿌리 깊이 남아 있는 사회 지도층의 특권 의식과 결부돼 우리 사회를 성숙한 사회로 나아가지 못하게 하고 있다. 안타까운 일이다.

(2016. 6. 30.)

※ 이 글은 2016. 7. 6.자 강원일보 오피니언 란에 게재된 글임.

02
나는 누구일까요[35)]

나는 전문직이랍니다.

분명하지도 정확하지도 않은 발음을 식별, 분석하여

그 의미를 살려내는

듣는 능력이 있어야 하고[36)],

발음 속도를 따라가면서,

속기 문자로 만들어 내는 능력이 있어야 하며,

마지막으로 문장 만드는 능력이 있어야 합니다.

사무실에서 하는 이 문장 만드는 작업은

법정에서 신문한 시간의 통상 3배 이상 더 소요되며,

읽어보고 수정하는 이 작업을 한 번 더 하느냐에 따라

문장이 훨씬 매끄러워지고 읽기가 쉬워진답니다.

---

35) 이 글은 2014. 10. 1. 속기실무관 회식 장소에서 낭송한 글임(서울중앙법원 형사 국장 재임 시기)
36) 2014. 9. 25. 코트넷 자유게시판, 속기 그 피 말리는 집중력!, 정재연(부산 동부지 원) 참조

나의 작업은 엄청난(피 말리는) 집중력을 요구합니다.

순간순간 쏟아지는 말을 결코 놓치지 말아야 합니다.

내용이 어려울수록, 속도가 빠를수록

집중력은 더욱 요구됩니다.

속기는 말이 떨어지자마자 글자 하나하나를

기록하는 것이 아니라,

주로 단어나 어절을 중심으로 기록하는 기술입니다.

대개 10음절 이상을 듣고 난 이후에

그 뒤를 따라가면서 속기를 하게 되며,

가장 표기하기 쉬운 방법으로 기록을 해 나가는 것입니다.

소란 등 외부 충격으로 집중력이 흐트러지면

그 10~20음절이 순간적으로 머릿속에서 사라져 버립니다.

사람이 그런 집중력을 유지할 수 있는 한계는 어디까지일까요?

오전부터 저녁까지 때로는 한밤중까지, 또 몇 날 며칠

사무실과 법정을 오가면서 계속 속기업무에 매달릴 때

그 집중력을 한결같이 유지할 수 있는 사람이 과연 있을까요?

그런 어느 날,

재판이 밤 11시가 넘어갈 무렵 자리에서 그대로 쓰러졌답니다.

나는 몰랐지만 재판은 갑자기 중단되고

119 응급차를 부르는 등 난리가 났답니다.

국회는 짧은 시간(20분 간격)마다 사람이 바뀌면서

교대 근무를 한다는데 말입니다.

나는 속기 외에 부속실 근무를 하면서
우편물 수령 등 잡무도 담당합니다.
집중해서 일을 해야 하는 특성상 호출, 전화 받기 등으로
방해받을 때가 많지만 웃으면서 근무하고 있답니다.
종전에 과 사무실에 근무할 때는
각종 세미나, 회의 등에도 참석하였는데,
발표자가 계속 바뀌면서 쉬지 않고 진행하여
5시간 이상을 화장실에도 가지 못하고,
환기도 되지 않는 답답한 공간에 갇혀
고생한 경우도 있었습니다.

한때는 법정에 들어가는 자체가 부담스럽기도 하였습니다.
꼭 나만 쳐다보는 사람도 있었고,
옷매무새도 신경이 쓰였으며, 행동도 부자연스러웠습니다.
법정에 들어가는 날이면 아침이 더 바빠집니다.
이 옷도 입어보고, 저 옷도 입어보고… 거울도 더 보게 됩니다.

나는 어깨, 손목 통증이 있습니다.
병원에서는 근골격계 질환을 앓고 있다고 하죠.
물리치료를 받아보기도 하지만 신통하지 않아
요가도 다녀보고 틈틈이 스트레칭을 하며,
아픈 팔을 들어 눈물을 흘리면서 팔 돌리기도 해보았답니다.
그렇게 하면 다소 도움이 되지만 결국은 아픈 어깨에

파스를 붙이고 출근을 하고, 속기를 하면 또 아파옵니다.

겨울에는 난방도 되지 않는 사무실에 휴일에 나와서
두꺼운 옷을 뒤집어쓰고 손을 녹여가며 밤늦게까지
녹음을 들으며 문장을 만들곤 했습니다.
따뜻한 집으로 가고 싶은 욕망을 꾹 누르고서.
그이는 내 직업 세 글자를 되뇔 때마다
온 가슴이 다 시리다고 말하곤 했습니다.

나는 육아를 하고 있습니다.
아이는 내 일 보따리를 보면 아연실색을 합니다.
한번은 수정하려고 출력해온 종이 더미를 부업일을 하는 사이에
한 장씩 모두 찢어버리기도 하였지요.
아이 생각만 하면 미안하기도 하고 안됐기도 하여
꼭 울게 됩니다.
언제가 되면 애 다 키워놓고 집에서 우아하게 앉아
커피를 마서 볼까요.

더하여 희망을 가져 봅니다.
열악한 근무 여건과 대우, 또 수많은 노고에 대해서
얘기하자면 끝이 없습니다.
그 처우와 노고, 모두 헤아림 받아 마땅할 것인데.
우리 법원 가족 모두가 관심을 가져준다면

차츰 개선되리라는 희망을 늘 간직하면서 살고 있답니다.

'발언 속도가 빠르다. 이해할 수 없다. 들리지 않는다.
그러나 그것을 기록하지 않으면 안 된다.'
바로 그러한 고통과 정면으로 부딪쳐 '속기록' 이라는
기적을 만들어 내려고
발버둥 쳐야 하는 직업인입니다.
그것도 매일, 매주, 매월, 매년 끊임없이.

토닥토닥…
신기하면서도 참 힘들지요.
오늘도 토닥토닥 또 토닥토닥…

내 이름은 속기사,
대한민국 법원의 속기 실무관이랍니다.

(2014. 10. 1.)

03
의정부법원에 오고 나서[37]

안녕하세요.
닭띠 해丁酉年 두 번째 맞는 월요일 아침,
여느 때처럼 출근하시느라 수고가 많았습니다.
버스 노선도 충분하지 않고, 지하철도 역이 멀리 떨어져 있어
힘들기는 매한가지며
손수 운전을 해 오셔도 주차 사정이 열악한 등
여러 가지 수고로움을 거쳐 출근하셨을 것입니다.

더불어 근무하는 청사도 오래되고 비좁아 불편하고
기록 보관 창고는 여러 곳에 흩어져 있으며
업무 또한 과다합니다.
우리 법원은 경기 북동부 인구밀집 지역과
신도시를 관할하고 있어

---

37) 2017. 1. 9. 부임 인사차(2017. 1. 1.자 발령) 법원직원들에게 보낸 코트넷 메일

분쟁이 많고 서민 보호를 위한 사법서비스가
절실하게 요구되는 법원이기도 합니다.
(예를 든다면, 관할 인구에 비해 경매사건, 회생사건 등이
많은 편입니다.)

이에, 구성원들이 어떻게 하면 좀 더 자긍심을 갖고
업무를 보며,
보다 나은 사법서비스를 찾아오는 소송관계인들에게
제공할 수 있을까 생각해 보게 됩니다.

우선, 공정한 근무평정이 되도록 힘쓰겠습니다.
우리는 중요하지 않는 업무가 있을 수 없습니다.
민형사 재판 업무는 물론이고 등기, 가족관계등록, 공탁, 경매,
회생과 파산, 조사업무, 보안관리업무, 접수업무 등
국민의 재산과 신분에 관련된 무수한 업무를 처리하고 있습니다.
그 모든 분야에서 묵묵히 열심히 일하는 직원들의 땀과 노력,
희망이 물거품이 되지 않도록 세심한 주의를 기울이겠습니다.

다음은 인사원칙으로 재판업무와 비재판업무간 균형 있게
전보하고, 여러 가지 업무를 습득할 수 있는 기회를 부여하며,
이른바 회전문 인사를 지양하겠습니다.
물론 특별히 전문성이 필요한 업무도 있습니다만,
특정부서에 자주 보직하여 위화감(서로 조화롭게 어울리지

못하는 어색한 느낌)이 생기지 않도록 유념하겠습니다.

아울러 원활한 업무인수인계가 이루어질 수 있도록 계속
관심을 두겠습니다. 전입 직원은 물론이고 과를 옮기거나
보직이 바뀌는 직원들이 전산업무를 빨리 익히고 과 분위기에
잘 적응해서 서먹서먹하지 않게 되도록 전입직원교육,
멘토지정, 야간 전산업무 도우미 운영을 통해 새로운 업무에
따른 스트레스를 조금이라도 줄여보도록 노력하겠습니다.
특히, 전산업무가 복잡한 경매부서나 인신구속과
각종 통지 절차가 복잡한 형사과는 더욱 주의가 요구됩니다.

이어서 이 자리를 빌려 몇 가지 당부의 말씀도 올립니다.
첫째, 보안의식입니다.
최근에 우리 법원을 향한 (또는 사회 전반적인 현상으로)
무차별적 폭력이 심해지고 있습니다.
법정에서 돌멩이를 던지기도 하고, 민원업무를 보는
창구 직원에게 느닷없이 폭행을 가하기도 합니다.
보안관리대는 물론, 법정에 함께하는 참여관, 실무관 모두는
본연의 업무를 하면서도
항상 경계를 게을리 해서는 안 되며 법정안의 여러 상황을
계속 염두에 두고 근무해야 합니다.
즉, 얼굴빛은 온화하고 부드럽게 하면서도
눈빛은 살아 있어야 하며,

그러기 위해서는 재판 전날 저녁시간에는 모임 등을
자제하고 가능한 휴식을 취해야 할 것입니다.
물론 접수실 등 민원창구에 근무하시는 분도
마찬가지일 것입니다.
(가림막 설치 등 물적 설비도 계속 보완해 나갈 것입니다.)

두 번째는 건강입니다.
현대를 살아가는 우리들 인생 최고의 목표는
건강하게 행복하게 살아가는 것입니다.
재판 중이라도 틈틈이 스트레칭도 해주어야 하고
취향에 따라 각종 스포츠, 걷기, 등산 또는 요가도 하며
이제 봄이 오면 중랑천을 따라 달리기,
자전거타기도 해야 합니다.
사람도 동물인지라 움직이지 않으면 굳게 되고 굳게 되면
노화됩니다.

세 번째는 이 세상에서 나만이 가장 잘하는 일이 있어야 합니다.
그것이 업무이든 업무 밖의 일이든…
송달은 내가 가장 잘 한다든지,
소장 인지 계산은 가장 잘 한다든지
접수 업무는 잘한다든지,
또는 민원인 말 상대는 가장 잘한다든지
성폭력사건 업무는 가장 잘 안다든지

또는 업무 밖의 것(업무와 연관될 수도 있음)으로
미소는 가장 예쁘게 짓는다든지, 꽃꽂이는 가장 잘 한다든지
자동차와 무기에 대해서는 가장 잘 안다든지 등등…
차츰 근무하시다 보면 자기만의 특색이 나타나고
그것이 무엇이든
가장 잘 하는 것이 있게 되는데
그것을 잘 가꾸어 나가야 합니다.

네 번째는 동료들과 관계입니다.
우리는 이직률이 극히 낮아 평생직장입니다.
최근에는 퇴직 후에도 대체인력 등으로
다시 근무하는 경우도 보았는데
(물론 그 업무를 잘하는 분이 없어서 사정해서 모셔 왔지만^^)
애들 다 키워놓고 밖에서 봉사활동도 하는데
못 할 바 없다고 봅니다.
그런 동료(또는 선후배)들은 내게 있어 소중한 분입니다.
배우자도 헤어질 수 있고, 자식도 내 곁을 떠날 수 있어도
동료는 항상 내 곁에 근무하고 있습니다.
그런 동료들이 힘들어 할 때는 관심도 갖고
자진해서(말하기 전에 먼저) 도와주고 해야지
'내일 내가 알아서 하는데 누가 간섭이냐.
내일만 하면 그만이다' 는 생각은
바람직하지 않습니다.

마지막으로, 특히 실무관들에게 각별히 얘기합니다.
현재의 상대적 빈곤에 연연해하지 말고
뜻을 키워 나가기 바랍니다.
조선시대 관리들의 평균 월급이 '쌀 반가마니' 였다고 합니다.
현재 쌀 한가마니가 18만 원 정도라고 하면
우리는 그 20배 또는 그 이상을 받고 있다고 볼 수도 있습니다.
항상 상대적인 빈곤이 문제인데, 그에 구애받지 말고
업무를 익히면서 책도 보고, 여행도 하면서
나만이 이 세상에서 가장 잘 할 수 있는 것이 무엇인지
찾아보고 또 생각해 보도록 합시다.

그럼, 자주 뵙고 삶과 법원업무에 대해 얘기하는 기회가
있기를 희망하며
다음 문구를 함께 생각해 봅니다.

"적게 가진 사람이 아니라, 더 욕심을 내는 사람이 가난한 것이다"

(2017. 1. 9.)

■ 임용발령사항(정준호)

임용일	종료 (예정)일	임용구분	임용부서	직위(직급)	발령청
1985.08.01		공개경쟁 채용	대구지방법원 사무국 민사1과	법원서기보 (시보)	대구지방법원
1985.12.29		정규공무원임 용(시보해제)	대구지방법원 사무국 민사1과	법원서기보	대구지방법원
1986.09.01		조직명칭변경	대구지방법원 사무국 민사합의과	법원서기보	대구지방법원
1987.01.01		전보	대구지방법원 의성지원 사무과	법원서기보	대구지방법원
1988.06.01		전보	대구지방법원 안동지원 사무과	법원서기보	대구지방법원
1989.07.01		일반승진	대구지방법원 안동지원 사무과	법원서기	대구지방법원
1991.07.21		전보	대구지방법원 영주등기소	법원서기	대구지방법원
1993.02.11		전보	대구지방법원 안동지원 사무과	법원서기	대구지방법원
1993.07.01		일반승진	부산지방법원	법원주사보	대법원
1993.07.01		전보	부산지방법원 사무국 민사소액과	법원주사보	부산지방법원
1994.03.11		전보	부산지방법원 사무국 형사단독과	법원주사보	부산지방법원
1994.09.21		전보	창원지방법원	법원주사보	부산고등법원
1994.09.21		전보	창원지방법원 거창지원 사무과	법원주사보	창원지방법원
1995.09.01		전보	창원지방법원 거창지원 함양군법원	법원주사보	창원지방법원 거창지원
1995.10.11		일반승진	창원지방법원 거창지원	법원주사	창원지방법원
1996.03.01		전보	창원지방법원 거창지원 사무과	법원주사	창원지방법원 거창지원
1997.04.14	1999.10.20	직무대리	창원지방법원 거창지원 함양군법원	법원주사	창원지방법원 거창지원

1999.10.21		일반승진	청주지방법원	법원사무관	대법원
1999.10.21		전보	청주지방법원 제천지원	법원사무관	청주지방법원
1999.10.21		전보	청주지방법원 제천지원 사무과	법원사무관	청주지방법원 제천지원
2000.07.01		전보	대구고등법원	법원사무관	대법원
2000.07.01		전보	대구고등법원 사무국 민형과	법원사무관	대구고등법원
2002.07.01		전보	대구지방법원	법원사무관	대법원
2002.07.01		전보	대구지방법원 청송등기소	소장 (법원사무관)	대구지방법원
2004.01.11		전보	대구지방법원 문경등기소	소장 (법원사무관)	대구지방법원
2005.01.11		전보	대구지방법원 안동지원	법원사무관	대구지방법원
2005.01.11		전보	대구지방법원 안동지원 사무과	법원사무관	대구지방법원 안동지원
2006.07.01		일반승진	대구지방법원	법원서기관	대법원
2006.07.01		전보	대구지방법원 의성지원	과장 (법원서기관)	대구지방법원
2006.07.01		전보	대구지방법원 의성지원 사무과	과장 (법원서기관)	대구지방법원 의성지원
2007.01.01		전보	대구지방법원 사무국 총무과	법원서기관	대구지방법원
2007.07.01		전보	수원지방법원	법원서기관	대법원
2007.07.01		전보	수원지방법원 사무국	사법보좌관 (법원서기관)	수원지방법원
2007.08.06	2008.06.30	겸임	수원지방법원 본원, 관내 지원 및 시군법원	사법보좌관 (법원서기관)	대법원
2010.01.01		전보	수원지방법원 평택지원 사무과	사법보좌관 (법원서기관)	수원지방법원

2010.07.01		전보	서울중앙지방법원	법원서기관	대법원
2010.07.01	2012.06.30	전보	서울중앙지방법원 사무국	사법보좌관 (법원서기관)	서울중앙지방법원
2010.07.01		겸임	서울행정법원	법원서기관	대법원
2012.07.01		전보	서울서부지방법원	법원서기관	대법원
2012.07.01		전보	서울서부지방법원 사무국 형사과	과장 (법원서기관)	서울서부지방법원
2013.07.01	2014.06.30	전보	서울서부지방법원 사무국 총무과	과장 (법원서기관)	서울서부지방법원
2013.07.01		겸임	서울서부지방법원 사무국 법원경비 관리대	대장 (법원서기관)	서울서부지방법원
2013.07.01		상위직급대우	서울서부지방법원 사무국 총무과	과장 (법원서기관)	대법원
2014.07.01		일반승진	서울중앙지방법원 형사국	국장 (법원부이사관)	대법원
2016.01.01		전보	춘천지방법원 사무국	국장 (법원부이사관)	대법원
2017.01.01		전보	의정부지방법원 사무국	국장 (법원부이사관)	대법원
2018.01.01		전보	법원행정처 사법등기국 사법등기심의관실	심의관 (법원부이사관)	대법원
2019.01.01		일반승진	부산고등법원 사무국	국장 (법원이사관)	대법원
2020.01.01		전보	대전고등법원 사무국	국장 (법원이사관)	대법원
2020.07.01		전보	사법연수원 사무국	국장 (법원이사관)	대법원
2022.01.01		전보	수원고등법원 사무국	국장 (법원이사관)	대법원